ESPURNA

bromera

ESPURNA

ÚLTIMS TÍTOLS PUBLICATS

79. *Les confessions de Titus Burns.* Jesús Cortés
80. *La nit que Wendy va aprendre a volar.* Andreu Martín
81. *L'amenaça de les grues.* Carme Miquel
82. *Passadissos d'ombra.* Agustín Fernández Paz
83. *La frontera negra.* Silvestre Vilaplana
84. *Els focs de la memòria.* Jordi Sierra i Fabra
85. *Contra el vent.* Fina Casalderrey
86. *El diari de la Neus.* Glòria Llobet
87. *Poderosa.* Sérgio Klein
88. *Només ens queda l'amor.* Agustín Fernández Paz
89. *Wendy Ataca.* Andreu Martín
90. *Pell d'escata.* Enrich Lluch
91. *Qui és el de la foto?.* Maria Carme Rosa
92. *La violinista de París.* Joan Pla
93. *Poderosa 2.* Sérgio Klein
94. *Wendy i l'enemic invisible.* Andreu Martín
95. *El verí de la cobra.* Josep Millo
96. *Barça ou barzakh!.* Gemma Pasqual i Escrivà
97. *PQPI Connection.* Lluís Miret
98. *El centre del laberint.* Agustín Fernández Paz
99. *Resurrecció.* Silvestre Vilaplana
100. *Fantasmes de llum.* Agustín Fernández Paz / Miguelanxo Prado
101. *En les mars perdudes.* Raquel Ricart

Polígon Industrial 1 - 46600 Alzira
www.bromera.com

Disseny i coberta: *Pere Fuster*
Impressió: *Romanyà-Valls*

1a edició: *març, 2012*
ISBN: *978-84-15390-46-6*
DL: *V-425-2012*

EN LES MARS PERDUDES

Raquel Ricart

XVI Premi Bancaixa de Narrativa Juvenil

ESPURNA
bromera

A qui navegueu amb mi.
Pel viatge que compartim i pels nàufragis.
I a Irene Ricart Cano,
viatgera preferent del meu vaixell

Premis Literaris Ciutat d'Alzira 2011

Aquesta obra va ser guanyadora del XVI Premi Bancaixa de Narrativa Juvenil, patrocinat per Bancaixa i promogut per l'Ajuntament d'Alzira. Formaven el jurat Carlos Correal, Josep Millo, María José Obiol, Gemma Pasqual i Enric Salom.

1
COM UN VAIXELL ENCALLAT

Quan cerques al diccionari la paraula *viatge*, et diu, entre més coses, que és «l'anada que una persona fa a un lloc notablement distant». Jo no hauria sabut trobar una definició millor per a descriure el viatge que vaig fer aquell estiu, l'estiu dels meus catorze anys. I és que els diccionaris són a vegades com unes grutes curulles de tresors o, millor encara, com uns jaciments, uns jaciments en els quals, si tens sort i trobes la vena de la pedra, de segur que acabes topant amb l'essència, amb el mineral net, amb l'argent pur. Però els jaciments, com les grutes, com les coves, com les venes de la roca, són moltes vegades imperceptibles i, solament si saps trobar-los, pots descobrir-hi, a dins, ocults i amagats, tot de secrets.

A ma mare, no li agradaven els secrets. Bé, dir que no li agradaven és dir veritablement poc. Els tenia un odi molt profund, un odi que li creixia de dins, de molt endins, d'allà on comença la vida, d'aquella coveta càlida que les dones tenim dins la panxa. I em sembla que no hi podia fer res. No sé si li havia passat sempre, però hi ha coses que, encara que no siguen de naixement, segons com, quan et passen, es poden convertir en una mena de trauma, i es queden allà dins, com si algú te les hagués enganxades als budells amb pegunta, entranyades. Ella deia que un secret és com una mentida. Pitjor, fins i tot. Però, és clar, quan ella deia la paraula *secret*, no podia deixar de pensar en aquell de mon pare, un secret que ell va guardar molt de temps i que, quan va decidir que era l'hora de mostrar-lo, va ser la fi del seu matrimoni.

–Quina classe de persona pot amagar una cosa així? –deia ma mare sempre que ho explicava.

Però no podria assegurar que fossen eixes les paraules exactes, perquè allò que em feia mal, quan li ho oïa explicar, que em feia sentir punxades al tou dels dits, a la faringe i al pit, com si uns nans m'hi clavassen agulletes, era el timbre de la seua veu, un timbre agut i esmolat que sonava com una queixa, com un lament, com el plany d'un llop que s'hagués perdut del ramat, un llop udolant en la nit, solitari i perdut.

A vegades em semblava que ma mare anava en un vaixell que s'havia encallat entre els esculls d'alguna illa deserta i llunyana, o que alguna nimfa l'havia segrestada, com havia passat a Ulisses. Però, en comptes d'ambrosia i nèctar, la nimfa Calipso no li donava gens de menjar, de manera que ma mare s'estava allà estesa, com una despulla, com una nàufraga, i anaven passant els dies i les nits i ella anava tornant-se seca i arrugada, com una pansa. Mentre que jo volia, esperava, desitjava intensament, que algun poderós déu de l'Olimp, o d'onsevulla que estigués, bufàs suaument a l'orella de ma mare i li plantàs una llavoreta de paraules en el cap, paraules com ara:

–Prou, dona! Au, deixa-ho estar! Fes-te a la mar de nou!

Pregava de nits perquè això passàs, perquè a voltes em semblava que l'amor que ella portava al pare s'havia convertit en un pes feixuc, un llast enorme, com si a les vores del vestit que duia li haguessen cosit unes àncores de pedra que feien que s'enfonsàs més i més, com havia passat a Ulisses amb aquella roba que li havia donat la nimfa Calipso. Amb la diferència que Ulisses va tenir la sort de trobar-se amb Ino, una dea de la mar que li va salvar la vida, mentre que, a ma mare, aquesta deessa marina, protectora de navegants, no es decidia a llançar-li el seu vel sagrat.

Aquell estiu, l'estiu dels meus catorze anys, ja en feia més de tres que els meus pares s'havien separat. Quan va passar el fet que va segellar la separació, jo en tenia deu i mig, i el meu germà Andreu, set. No exagere, si dic que allò fou un drama familiar de categoria superior. Em sembla que fins i tot podríem dir-ne una tragèdia, si ens atenim al significat del diccionari, perquè la família es va veure «emmenada per una passió a la catàstrofe». Per Nadal, a més a més. I és que mon pare no pot deixar de pensar d'una manera dramàtica. És actor de professió i de vocació, què hi farem! Segons que ell creu, era la millor manera de fer-ho. Però sembla més segur que no en devia trobar cap altra.

El segon dia de Nadal, tradicionalment, sempre dinàvem a ma casa totes dues famílies. A saber: el iaio Pepe, pare de mon pare, i la iaia Carme, mare de ma mare, que són els únics avis que he conegut vius; la germana de ma mare i la seua família, i el germà de mon pare i la seua família. Catorze persones en total. Tot molt ben emparellat, perquè la germana de ma mare, la tia Laura, té dos fills, i el germà de mon pare, l'oncle Vicent, dues filles. Emparellat en conjunt, és clar, perquè segurament que tots haurien volgut tenir *la parelleta*, com era el cas d'Andreu i meu, xic i xica. Bé, en acabat de dinar, mon pare que s'alça amb la copa de xampany en la mà, com cada any, i tots convençuts que faria un brindis amb un discurset d'aquells que ell sap fer tan bé i que són l'enveja de germans i cunyats, perquè trau la seua vena artística i ens deixa a tots bocabadats. Però mai tant com aquell any, que ens va dir:

–Estimada família, he intentat mil maneres de compondre aquest discurs, però em sembla que no hi ha una bona manera de dir-vos això que he de dir. Després de pegar-hi moltes voltes, crec que la millor cosa és que ho sapigueu tots alhora. Fa un quant temps que ho amague, però ja no puc més. M'he enamorat d'un home i m'he fet conscient..., en fi, he descobert... que sóc homosexual. Perdona'm, Anna, perdoneu-me, fills, perdoneu-me tots, si podeu, jo...

Aquestes són totes les paraules exactes que en puc transcriure. Després d'això, un guirigall. I si les puc transcriure fidelment, és perquè el meu cosí Gerard va captar-ho, casualment, perquè li acabaven de regalar una càmera de fotos que també feia vídeos i la va estrenar enregistrant aquelles paraules. Un enregistrament per a la història. Si més no, per a la història familiar. Després, passat un temps, me'n va passar una còpia d'amagades de ma mare. Però el discurs s'acabà tot just així, perquè en aquell moment la iaia es va desmaiar i el iaio es posà a cridar:

–Cabró, tu no ets fill meu! Tu no ets fill meu!

I ja no hi hagué brindis. I ja es pot constatar que no exagerava gens quan deia que allò fou un drama familiar d'alta categoria.

Tot seguit la tia Laura es féu càrrec de «totes les criatures» i se'ns endugué al cinema a veure una pel·lícula, que, evidentment, no teníem ganes de mirar, o almenys jo no en tenia, encara que no hauria sabut dir gens què volia, jo, en aquell moment.

Feien *Pirates del Carib*, però no recorde quina part. Sí que recorde Jack Sparrow, braços en creu i caminant com un equilibrista. I recorde que vaig plorar mentre el mirava, perquè, tot just feia un any, per Nadal també, havia vist el pare fent una imitació d'aquell mateix capità en una actuació de la banda del seu poble, que li havia demanat de llegir uns textos mentre ells tocaven la pel·lícula, i ell, a més de llegir-los, va fer un poc d'interpretació, que no ets actor debades, i caminava igual, ben igual, que Jack Sparrow, com un equilibrista per la vora de l'escenari, com si estigués a punt de caure. No sé si el meu germà Andreu se'n recordava, d'aquella actuació, mentre miràvem la pel·lícula. Jo la tenia ben gravada en la memòria perquè, precisament aquell dia, la meua iaia va caure un bac en el moment que ma mare es despistava per dir-me on havia de seure, i sempre he cregut que, si la mare no m'hagués dit res, la iaia no hauria caigut aquell bac amb què es va trencar el maluc.

Però, a Andreu, no li vaig poder preguntar pels seus records, al cinema, perquè, com que era el més menut de tots els cosins, la tia Laura se l'havia assegut al costat; ni li vaig poder agafar la mà, ni res per l'estil. No vull ser falsa, no diré que les nostres relacions fossen magnífiques, perquè no seria veritat, però, no sé, eren moments especials, aquells, moments en què ell i jo érem els més afectats i, en fi, m'hauria agradat de poder fer de germana gran. Em sembla que m'hauria sentit millor. Però la tia Laura s'havia atorgat aquell paper. Al meu costat hi havia asseguda la meua cosina Teresa, que té un any més que jo i és la més gran de tots. Plorava com una magdalena, i sanglotava i tot, i en veu baixa em demanava si jo pensava que això de mon pare era cosa de família, que ho portassen en els gens, que si no li agafaria a son pare també i se n'aniria de colp amb un home. De manera que, aquell dia, la meua cosina Teresa no em fou un gran consol.

Acabada la pel·lícula, la tia Laura va telefonar a casa per saber com anaven les coses, si els ànims ja eren més calmats o si calia que ens portàs a sopar en algun lloc. Ho deia tot tapant-se la boca amb la mà mentre parlava, però, vegem, què més podia amagar-se en aquella família? Em va semblar estúpid, i ho vaig dir en veu alta, i llavors la tia Laura es posà a plorar, i jo també, i de colp tots ens posàrem a plorar, cosins i cosines a la porta del cinema, i em sembla que érem un espectacle, fins que la tia va dir «Prou, criatures», i li va eixir un gall, mentre ho deia. Llavors ens vam mirar, i de colp ens vam posar a riure, i tot era un desficaci, perquè teníem les emocions alterades, i érem com pescadors que, en havent eixit amb les barquetes es trobassen de colp enmig d'una mar desfeta, d'una mar molt alta, d'una mar enorme, i no sabessen què fer contra aquelles embranzides d'unes aigües com gegants, d'aquelles onades com muntanyes.

Tornàrem a casa en el metro, que només eren quatre parades, i en arribar-hi, ja tot fou, i per sempre, diferent. Mon pare no era a casa. No hi tornaria mai més. A viure-hi, en tot cas, no. Els avis se n'havien anat amb l'oncle Vicent, i només quedava a casa la tia Aurèlia, que és la seua dona, i l'oncle Jaume, que és el marit de la tia Laura.

A la mare, li havien donat un medicament perquè s'adormís, tot i que només eren les nou del vespre, i aquella nit, la tia Aurèlia i les meues cosines, Teresa i Blanca, es quedaren a dormir amb nosaltres.

És fàcil imaginar que hauria volgut començar aquesta història d'una manera diferent, menys dramàtica. Però no he sabut fer-ho, no m'ha semblat possible. Em calia explicar el perquè de la separació dels meus pares, l'origen de la dèria, la mania, l'obsessió de ma mare contra els secrets; la manera com la meua família va quedar disgregada i rompuda, preparada per a amagar uns altres secrets, perquè, qui pot viure sense tenir-ne cap? Ni que siga un de molt petit, com una d'aquelles pedretes redones i polides que es troben vora mar?

De secrets, jo en guardava, ho confesse, com petites pedres esmerilades per l'aigua. O això em pensava, fins que va arribar l'estiu dels meus catorze anys.

2
UNA MALA CAIGUDA

Res no va anar com m'esperava, aquell estiu. Des que els meus pares s'havien separat, tota la família s'havia esforçat a fer pinya amb la mare. No tan solament ma tia Laura, cosa molt natural perquè eren germanes i sempre havien estat molt unides, sinó també l'oncle Vicent, que és germà de mon pare, i la seua dona, la tia Aurèlia. Amb el temps havien deixat d'estar enfadats amb mon pare, però em sembla que sentien la necessitat de donar suport a ma mare i, quan arribava l'estiu, les tres famílies, llevat dels pocs dies que el meu germà i jo passàvem amb mon pare, estàvem juntes tot el temps. Normalment, fent l'excepció d'alguna excursió, passàvem el mes de juliol a la platja, en un apartament de la tia Aurèlia, i el mes d'agost a muntanya, en una caseta del meu oncle Jaume. Hi estàvem com sardines, tot s'ha de dir, però era bastant divertit, perquè érem sis xiquets i teníem tota la llibertat del món.

Però aquell estiu, l'estiu dels meus catorze anys, les tres famílies havíem aparaulat el lloguer d'un veler amb un capità i la marineria necessària per a fer una travessia per les illes gregues durant vint dies del mes de juliol. Jo estava molt contenta i molt emocionada, i aquesta fou la raó que em llegís dos llibres que el pare m'havia regalat pel meu aniversari, al mes de maig, quan es va assabentar que faríem aquell viatge durant l'estiu. L'un, que es titulava *Vaixells negres davant Troia*, era la història de la Ilíada i parlava de la guerra de Troia; i l'altre, *Les aventures d'Ulisses*, explicava l'Odissea. Tots dos eren adaptacions dels grans llibres clàssics grecs, i els fets ocorrien en la Mediterrània, i per tot això el pare havia aprofitat l'avinentesa per a regalar-me aquestes versions i despertar-me el cuquet de llegir, un dia, la història sencera. M'havien agradat molt, tots dos llibres, i als meus cosins, sobretot a Teresa i a Gerard, que són els més grans i amb qui, quan ens véiem, féiem mil plans del viatge, també els havia explicat moltes de les aventures marines d'Ulisses.

La darrera setmana del curs l'entrenador del meu equip de bàsquet ens va dir que el dia 27 de juny jugaríem un últim partit que no s'havia previst: l'equip de l'altre institut del nostre barri ens havia demanat la revenja, perquè en l'última disputa, unes quantes setmanes abans, els havíem pegat una bona panadera: trenta a dotze. Això era una cosa poc habitual, però l'entrenador no s'hi havia volgut negar. Sobretot perquè estava cert que els tornaríem a guanyar i que, amb això, remataríem la temporada d'una manera espectacular. La veritat és que havia estat un bon any. El millor que jo podia recordar. Només havíem perdut dos partits de tots els que havíem jugat, de manera que anàvem a la revenja amb molta seguretat.

Aquell 27 de juny el partit era en camp contrari. El meu germà va venir amb mi. Andreu era un incondicional, però sempre he sospitat que ho era tant perquè els partits es disputaven sempre en dissabte, i el dissabte en ma casa, i més des que no hi havia el pare, sempre hi havia coses a fer: ordenar l'habitació, fer la compra de la setmana, ajudar la mare a rentar el cotxe...

Isquérem de casa contents. Havia arribat l'estiu, ho havíem aprovat tot i, sobretot, només faltava una setmana i escaig per a anar-nos-en de vacances. A les illes gregues! Amb vaixell!

Quan l'àrbitre assenyalà el final de la primera part, guanyàvem de quatre punts. Però als tres minuts de la segona, sense que puga explicar com, perquè no en guarde memòria, vaig caure mentre intentava fer cistella i un dolor com un llampec em va travessar la cama dreta sencera, des del taló fins al maluc.

–Una mala caiguda –vaig sentir que deia l'entrenador mentre una angúnia fonda s'apoderava de mi.

Vaig perdre la consciència. Quan vaig badar els ulls ja anava en l'ambulància i portava una agulla de degotador clavada al braç.

–I el meu germà? –vaig demanar a l'entrenador que venia amb mi. Perquè era llei en ma casa que, quan Andreu anava amb mi, jo n'era responsable.

–Tranquil·la, Alícia –em va dir ell–, ja l'han acompanyat.

Això em va alleujar. Això i adonar-me que la cama ja no em feia mal, que el llampec havia fugit, que no sentia dolor, que no estava tan malament allà estirada, que quasi em podia adormir i tot.

Però no hi hagué temps. Tot seguit vam arribar a l'hospital, i allà sí que no em van deixar tranquil·la. De primer, em feren radiografies, després analítiques, més tard hi hagué les consultes dels metges entre ells, i jo allà, mig marejada, tot esperant veure algú de la família. Perquè les coses que sentia no m'agradaven gens.

–S'ha trencat el fèmur per dos llocs.

–I la tíbia.

–Eixa no em preocupa. És una trencadura neta. Però aquestes dues...

–Què proposes?

–Jo posaria un clau ací, i després...

En sentir això del clau, em vaig tornar a desmaiar.

Quan torní a badar els ulls, ja era en una habitació, i ma mare m'agafava la mà.

–Com et trobes, filla?

–Estic bé, mare. Però em sembla que m'he trencat la cama.

–Sí. Hui mateix t'operaran.

–He sentit que em posaran un clau.

–Hum...

–Mare.

–Digues.

–I el viatge?

–No et preocupes d'això, ara.

Però sí que em preocupava. I tant que em preocupava. Com no m'havia de preocupar? Des de Pasqua que no pensava en una altra cosa. Amb els pares mai no havíem fet un viatge com aquell, i des que s'havien separat, de viatges, n'havíem fet ben pocs. Un cap de setmana amb el pare a Barcelona i prou. De manera que sí que em preocupava, i molt. Mentrestant, anava arribant la família, la tia Laura i l'oncle Jaume, la iaia Carme, el iaio Pepe, l'oncle Vicent i la tia Aurèlia, i finalment mon pare, que em féu una abraçada de les bones i amb qui, finalment, vaig soltar-me. Perquè amb mon pare sempre em passava, que em sentia lliure de plorar, no sé per què. Ja me n'adonava, que era una cosa que, a la mare, no li feia gràcia. No em deia res, però jo notava que s'entristia, que es marcia de pena, com una flor, com el sol quan s'acaba el dia. Potser és que es tornava una miqueta gelosa, perquè jo davant seu no plorava mai. Bé, quasi mai, perquè algunes vegades sí que hi plorava, però de ràbia. De pena i de tristesa, no. No pas des que s'havien separat. Com si sentís que ma mare ja en tenia prou tota sola, de llàgrimes, que damunt hagués de veure els meus ulls enaiguats. O com si, amb els meus ulls eixuts, amb la meua contenció, li demanàs, a ella, que paràs d'una vegada, que ja n'hi havia prou.

3
UNA VISIÓ

Com que m'havien d'operar aquell dia, no em van donar res de menjar. Sembla que havien decidit que, tot i ser dissabte, era millor no esperar, i els metges de guàrdia havien avisat la resta de l'equip.

A l'hora de dinar, i amb la confirmació que, a la sala d'operacions, no m'hi portarien fins a la vesprada, la família se n'anà a fer un mos. Tots llevat del pare, que s'estigué a fer-me companyia. Amb mon pare, en aquell moment, jo tenia dies bons i dies dolents. Però no puc assegurar que fos per causa d'ell. O no únicament per causa d'ell, perquè era jo qui tenia dies bons i dies dolents. Amb mi mateixa, amb tothom.

–Són les hormones –deia ma mare... i la tia Laura i la tia Aurèlia. I això encara em feia enfadar més. Perquè, caram!, a vegades en la vida no n'hi havia per a estar contenta, i no crec que això fos qüestió d'hormones. Però elles torna-hi amb les hormones, que eren un descobriment fenomenal, perquè així tenien l'explicació de tot.

El pare, de les hormones, no me'n deia res. Com si no es consideràs indicat per a parlar-ne. Però això tampoc no feia que jo fos més benvolent amb ell. Mon pare, jo, l'adorava. Aquesta és la veritat més fonda.

Fos qui fos, fos com fos, fes què fes. Però també sentia molta ràbia contra ell, i hi havia dies, sobretot de nit, quan sentia plorar ma mare tota sola en la seua habitació, quan la imaginava ordint un teixit inacabable amb les seues llàgrimes, com Penèlope a l'espera d'Ulisses, que tot allò que havia dit mon pare aquell Nadal, totes les coses que havien passat d'ençà d'aquell discurset amb la copa de xampany en la mà, em pesaven al pit, dures i fredes, com les lloses que teníem al pati, unes lloses que havien trobat en enderrocar la casa vella i que els meus pares havien volgut conservar. Unes lloses que, a mi, no m'havien agradat mai, perquè em recordaven les que veia al cementeri quan la iaia em demanava que l'acompanyàs a posar flors al iaio i ho aprofitava per fer-me una relació de tots els avantpassats. I ves per on, ara, de tant en tant, me les sentia al pit, aquelles lloses, com si dins meu també hi hagués alguna cosa soterrada.

–Els cirurgians de traumatologia són com mecànics, saps?

–Què dius, pare?

–Que sí, que ho diuen ells mateixos. L'altre dia vaig portar el cotxe al taller i vaig coincidir amb Josep Morelló, el pare d'Albert, el teu company de classe, que també hi havia portat el seu per una avaria, i fent broma ho va dir, que si, en comptes de cardiòleg, s'hagués fet traumatòleg, tal vegada se l'arreglaria ell mateix i s'estalviaria uns dinerets.

–Doncs no hi veig la gràcia, la veritat –vaig respondre de mal toc.

No m'agradava que mon pare parlàs amb ningú de l'institut, perquè allà, llevat de la meua amiga Siona, ningú no sabia les veritables raons de la separació dels meus pares, i jo preferia que les coses continuassen així, però no sabia si ell era de la mateixa opinió.

–Li he telefonat –continuà.

–Que has fet què?

–Que he telefonat a Josep, el pare d'Albert, per explicar-li això que t'ha passat. M'ha dit que estàs en bones mans. Que coneix l'equip de traumatologia de l'hospital i que són gent molt competent.

No em va alleujar gens això que m'havia dit. Ben a l'inrevés: sense saber-ho, el pare m'havia tocat el voraviu. L'Albert. Albert era el meu secret més ben guardat, la meua pedreta més polida. Tan polida, tan ben guardada, tan secreta, que ningú, ni tan solament Siona, no en sabia res. Ningú no sabia que Albert m'agradava. I ell menys que ningú. O això em pensava jo.

–Alícia –digué el pare amb la seua veu més dolça.

–Què?

–Pots quedar-te amb mi, si vols, tot aquest mes. Perquè ells se'n puguen anar de viatge.

El viatge! Em quedava sense, això era clar com l'aigua. La cama enguixada per qui sap quant de temps. Els diners avançats. El vaixell aparaulat, el capità, la marineria. No podia fer-los aquella mala passada, als meus cosins, al meu germà, a ma mare i a tots plegats. Però no vaig respondre. No podia. Aquell dolor era pitjor que el de la cama, pitjor que el del llampec trencant-me tíbia i fèmur. Era un dolor que anava al cor mateix de l'os, al moll, aquella substància blanca i deliciosa que hi ha a dins i que jo xuplava amb tant de gust dels ossos que la iaia havia ficat en l'olla.

Vaig assentir amb el cap, però no vam dir res més. Mon pare és molt sensible als silencis. No té por de deixar que s'estiren, que ho ameren tot, com l'oli damunt el pa. Sap quan s'han de respectar. Potser perquè és actor, potser perquè és homosexual, potser perquè és com és. Li ho vaig agrair molt, en aquell moment.

Més tard tornaren tots, i al cap de poc entrà una infermera que em pintà tota la cama de color carabassa. Després vingueren un parell d'auxiliars que feren eixir tots els familiars, perquè, si no, no hi havia manera de traure de l'habitació aquell llit amb rodes.

Pel passadís encara venien els meus pares al darrere, però en arribar a l'ascensor ja no els deixaren passar. Fou una visió estranya, aquella, i grata: jo tombada, veient-los les barbetes, els forats del nas, els llavis de ma mare ben premuts per contenir el plor. Però hi eren tots dos, i per primera volta, des de feia molt de temps, des d'aquell Nadal, vaig notar que la distància que hi havia entre ells quan eren junts, una distància que jo notava amb tota la força continguda, i vasta com un oceà, eixuta com un desert, s'aprimava i s'aprimava, quasi s'esvania, i un instant, aquell darrer instant abans que les portes de l'ascensor es tancassen amb un soroll metàl·lic, mentre mon pare alçava la mà esquerra com si l'anàs a posar damunt el muscle de ma mare, vaig sentir agraïment pel llampec i pels ossos trencats que m'havien regalat aquella visió.

Allà baix, al soterrani de l'hospital, feia fred i tothom anava vestit de verd. I ben segur que jo també hi feia joc, amb el color, que em sentia l'estómac regirat i tenia molta por, perquè aquella sala –i ara sí, calia donar la raó a mon pare– semblava ben bé un taller mecànic, de tantes ferramentes que hi havia. Gràcies que tot seguit em feren comptar de deu en arrere amb una mascareta en la cara i abans d'arribar a set ja no vaig veure ni sentir res.

En badar els ulls, em vaig topar de nou amb les cares verdes que m'observaven.

–Quan m'operaran? –preguntí amb dificultat, perquè em sentia la boca pastosa.

–Ja hem acabat. I tot ha anat molt bé, Alícia. Millor que no esperàvem. En un parell de mesos, ja podràs tornar a jugar a bàsquet.

Es veu que torní a adormir-me, perquè en el record que en conserve, ja em veig altra vegada a l'habitació. Però només volia dormir. I és això que vaig fer. Em sembla que vaig dormir fins l'endemà, encara que de tant en tant em despertava perquè tenia molta set i la gola eixuta, però la mare no em podia donar aigua perquè ho tenia prohibit, i em posava unes gases humides sobre els llavis.

L'endemà ja vaig veure l'estrall. Efectivament, m'havien posat un clau, o un ferro, tant hi fa. Però no dins la cama, sinó travessant-me la cuixa, amb els extrems que sortien del guix. Em féu molta impressió. La cama era enguixada des de la planta del peu fins a l'engonal; a més, no era fàcil deixar de mirar-la perquè me l'havien penjada amb una corriola.

–Ostres, Alícia –va dir el meu cosí Gerard, quan vingué a veure'm aquella vesprada–, ací hi ha lloc per a pintar un *Guernica*.

Ma mare, que no se m'havia mogut del costat des que havia eixit de la sala d'operacions, m'explicà que els metges li havien dit que, si tot anava bé, al cap de dos dies tornaríem a casa.

–A casa? I t'han dit quant de temps hauré d'estar així?

–D'entrada, cinc setmanes.

–Cinc setmanes? Mare, però, i el viatge?

–No es pot fer cap viatge, Alícia. Ja ho deus comprendre.

–Ja ho comprenc, mare.

–Doncs, ja no cal parlar-ne més.

–Però és que jo vull dir una cosa...

–Digues.

–Mira, mare, fa molt que estem amb aquesta il·lusió. Pensa en Andreu, i en tu. Jo ja he parlat amb el pare, i m'estaré amb ell, en sa casa.

–Això ni pensar-ho!

–Per què, ni pensar-ho? És mon pare. I vull estar-me amb ell!

La mare es va quedar muda, i jo també. Ho havia dit cridant. I no volia, però, m'havia fet enfadar. Que no ho comprenia, ella, com em costava de dir això, a mi? De colp, la cama començà a molestar-me. Sentia un dolor que, tot i no ser el llampec que havia notat en trencar-me els ossos, em furtava tot altre pensament.

–Que et passa, Alícia? Et fa mal? T'has tornat blanca com el paper.

Vaig assentir amb el cap i la mare va avisar la infermera, que va venir tot seguit amb un calmant. Trobe que em vaig adormir.

Quan torní a despertar-me, era el pare qui em feia companyia.

–Com va, Alícia? Cou molt, o què?

–Com saps que cou?

–Dona, a mi em coïa, quan vaig trencar-me el braç.

–No sabia que t'hagueres trencat un braç.

–És que no havies nascut, Alícia.

–Pare...

–Digues.

–Has parlat amb la mare?

–Sí.

–I què?

–Fa com que ho rumia, però dirà que sí.

–Com ho saps?

–Dona, són molts anys d'estar junts i la conec un poc.

–Ah.

–Què te'n vols desdir, ara?

–De què?

–De venir amb mi.

–No, no!

–Però t'he d'explicar una cosa.

–Tu diràs...

–A ta mare, no li n'he dit res, perquè llavors s'hi hauria negat en redó. Però tu ho has de saber.

Em sobrevingué una tremolor gran, però per dins.

–És que vaig fer una prova per a una obra de teatre, i fa un moment m'han telefonat per confirmar-me que em donen el paper. Els assajos començaran al juliol. És un monòleg, i supose que podré treballar a estones a casa mentre estudie el paper. Però potser hauràs de passar alguns moments sola, o amb algun amic meu.

–No et preocupes, pare –vaig respondre alleujada–. No em fa res estar-me sola.

Quina alegria! Una obra de teatre! Podia fer-ne vint, d'obres de teatre, podia deixar-me sola tot el mes. Això, tant me feia! Perquè de colp m'havia imaginat que allò que no s'atrevia a dir a ma mare era que potser vivia amb algun amic, amb algú... en fi. Ja és fàcil d'imaginar què vull dir.

4
LA ULLERA DE LLARGA VISTA

El divendres següent ja m'havia allotjat en casa de mon pare. Aquell mateix dia la meua família volava cap a Atenes, i l'endemà, salpaven. Salpaven! Tan sols pensar-hi, ja em venia el gust d'aigua salada en la boca.

A ma mare, finalment, no li havíem dit res de l'obra de teatre. La relació entre ells havia millorat un poc, aquells dies, s'havia tornat més amable, però tal com estaven les coses, jo també creia, com mon pare, que era millor no dir-li'n res. Ell m'havia explicat que segurament podria estudiar el paper en casa. Però quan viu l'horari dels assaigs penjat amb un imant en la porta de la nevera, ja vaig saber que m'havia disfressat una mica les coses, perquè allò feia feredat. A penes veuria el pare un parell d'hores cada dia, si tot anava bé.

El dissabte, el vàrem passar junts. El pare es dedicà tot el matí a cuinar i a deixar coses preparades mentre jo em trobava magníficament instal·lada en la seua habitació, que me l'havia cedida. Les recomanacions del metge eren ben clares: no havia de caminar més que si era imprescindible, per a les coses necessàries. No cal que explique quines. L'habitació de mon pare té bany privat i resultava, doncs, molt pràctica. Hi va traslladar l'equip de música, la televisió, i el DVD.

El pare em féu moure amb unes crosses que ens havien deixat a l'hospital. Va observar, durant tot el dia, com me les apanyava per arribar al vàter i etcètera, que hi ha coses que no cal explicar. Només diré que em defensava, a males penes, però que em defensava.

A la vesprada, ja des del vaixell, em va telefonar la família, però jo, sincerament, no tenia ganes de parlar, o més ben dit, no tenia ganes d'escoltar-los, i vaig deixar que fos el pare qui s'encarregàs de dir-los que em trobava bé. Sopàrem prompte, i després miràrem una pel·lícula, *La festa*, una comèdia que el pare va triar per fer-me riure. Una pel·lícula de les que agraden al pare, antiga i bona. I aquesta era de colors! Ell en diu *clàssiques*. Vam riure molt, la veritat. És la història d'un actor de l'Índia que un estudi de Hollywood contracta perquè interprete el paper d'un soldat indígena en una pel·lícula, i en el moment del rodatge, aquest home, molt maldestre, destrueix un dels decorats més costosos. El posen en una llista negra, però, per error, el conviden a la festa anual d'aquells estudis de Hollywood, i durant la festa comença a fer-ne l'una darrere l'altra, i no solament ell, i allò acaba essent un destrellat fenomenal, molt i molt divertit, amb elefants i tot que arriben a la casa. Ho vaig passar pipa, i vaig demanar al pare com era que no l'havíem vista abans.

–Erro meu –em va respondre. I després m'abraçà i em féu repetir, per tercera volta, totes les instruccions que m'havia donat. Ho vaig fer i ens vàrem gitar.

L'endemà mon pare se n'anà abans que jo em despertàs. Quan vaig badar els ulls hi havia el silenci d'un matí de diumenge, i campanes que sonaven anunciant alguna mena de festa i de glòria. Vaig asseure'm al llit. Per la finestra destriava unes palmeres, un tros d'horta i una fàbrica abandonada. Què devia fer ara la meua família? La mar devia ser tan blava... Vaig fer-me una mica de llàstima, però no vaig permetre que em duràs gaire, o més ben dit, el soroll dels meus budells, anunciant-me que tenia gana, em féu passar les penes.

Al banc de la cuina, el pare m'hi havia deixat un tall de meló d'Alger, perquè tenia el costum de desdejunar-se amb fruita, i l'obsessió que nosaltres ho férem també, de manera que, quan estàvem amb ell, tant el meu germà Andreu com jo, doncs havíem de menjar fruita, tant sí com si no. També hi havia llet, i galetes, i pa, i companatge. Mengí de tot un poc i, obedient, vaig tornar al llit. Amb mon pare, havíem fet un pla estratègic per a aquells dies: no més de tres pel·lícules el dia. Sobre la televisió, no hi havia cap norma perquè no calia. Mon pare tenia l'aparell, o siga, la pantalla, per a poder-hi veure els DVD, però no tenia antena. Tampoc no em podia clavar en Internet, si ell no hi era. Per la resta, podia llegir, podia dibuixar, podia escriure, podia escoltar música. Bé, ja és fàcil de deduir que «havíem fet un pla estratègic» no descriu exactament la realitat. Però era de la manera com mon pare parlava a vegades, en plural, com si fos cosa de tots dos. I no. Tanmateix, tot això no em venia de nou. En tots aquests temes, els meus pares eren de la mateixa opinió. Per no tenir, jo no tenia ni telèfon mòbil. L'única de tota la classe. Potser de tot l'institut. Jo havia pensat que, tal volta als catorze, mon pare me'n regalaria un. Unes quantes xiques del meu institut, filles de pares separats, com jo, m'havien assegurat que, quan els pares se separen, et fan més regals. Sobretot el pare. Però el meu és un artista, què hi farem! És un actor. És homosexual. És diferent.

Ara, de llibres, de música, de pel·lícules..., per a parar un tren! O dues dotzenes. I, per tal que jo no em mogués més del compte, la vespra me n'havia preparat un munt.

–Has llegit *Robinson Crusoe*?

–No.

–Has llegit *L'illa del tresor*?

–No.

–Has llegit res d'Ursula K. Leguin?

–De qui?

–*Un mag de Terramar*?

–Què intentes, pare, amb tants llibres de mar?

–Potser que viatges.

–No sé si en tinc tantes ganes.

–Ja te'n vindran, no passes pena.

De manera que, allà mateix, a la tauleta, a la vora del llit, m'hi havia deixat preparat un arsenal de llibres, perquè *començàs a viatjar*.

–Les pel·lícules, les pots mirar a la vesprada –m'havia dit–. Després de dinar, o després de la migdiada, si en fas.

De tots, vaig triar *Un mag de Terramar*. Me n'agradava la portada. S'hi veia un home d'esquena. Un home que mirava la mar, i en la mar, molt a prop, hi havia un vaixell de vela, un vaixell petit. L'home que mirava semblava gran, portava un capell i, potser pel títol, em va semblar un mag, tot i que tal volta era per la manera com es vestia. Devora el peu de la dreta, s'hi veia el final d'una vara que devia portar agafada amb la mà dreta, però això només ho endevinava, perquè el quadre era tallat; segons que deien a contraportada, era el fragment d'un quadre d'un pintor que es deia Caspar David Friedrich, titulat *Les tres edats*. Al fons de la mar es veia el cel, del color del capvespre. Encara que, el llibre, només l'havia triat per aquella imatge, he de dir que tot seguit m'hi vaig endinsar de tal manera que, quan vaig adonar-me'n, ja havien passat més de dues hores. Vaig alçar-me per anar al bany. A la tornada vaig mirar per la finestra. Amb una crossa vaig apuntar enllà, com si jo també portàs en les mans un bastó d'olivera i tingués el poder dels encanteris, dels sortilegis, de la màgia. Vaig apuntar a un dels finestrals d'aquella fàbrica abandonada i vaig pronunciar un encanteri d'obertura. I en el moment que l'encanteri tocà el vidre el finestral va obrir-se màgicament. Vaig acostar-me més a la finestra, per poder-lo veure millor, però a tanta distància no el distingia prou bé. I, tanmateix, hauria jurat...

Havent tornat al llit i al llibre, no vaig deixar-lo fins que vaig sentir-me molt identificada amb el personatge, en un moment que, com jo, anava mort de gana.

Per a dinar hi havia una amanida de llentilles preparada a la nevera. No puc dir que fos un plat del meu gust, ni dels meus preferits, però el pare deia que les llentilles contenien ferro, i que el ferro era bo i totes eixes coses, i me les vaig menjar i, «amb el cor més lleuger i l'estómac més ple», que haurien dit en aquell llibre sobre Ulisses, vaig tornar al llit disposada a dormir una estona. Abans de gitar-me, emperò, vaig observar novament aquell finestral. Continuava obert. No ho sé, potser m'ho havia imaginat tot.

A més, feia calor, i la cama començà a molestar-me. Però no era la cama –vull dir que no era del dolor–, sinó del guix, que la cama em picava i picava, i jo sense poder-me gratar! Vaig pensar en les agulles de fer calça de la iaia. No devia tenir mon pare cap estri semblant, que me'l ficaria dins el guix per alleujar-me una mica? I on devia tenir-lo guardat? Vaig obrir un parell de calaixos fent inspecció. I és llavors que vaig trobar-me un estoig de cuir allargat. Encuriosida, vaig obrir-lo i vaig trobar-hi una ullera de llautó. Era una ullera de llarga vista. No recordava gens aquell objecte de quan mon pare estava en casa amb nosaltres. D'on l'havia treta? Era una herència desconeguda? Li l'havia regalada ningú? Una persona especial? En les pel·lícules que jo havia vist, en què eixien homosexuals, solia haver-n'hi molts que eren amants de les coses boniques, de les antiguitats i tot això. Potser li l'havia regalada algú d'aquesta mena?

La curiositat em féu oblidar la picor. Però no vull enganyar ningú. No era la curiositat per l'origen de la ullera. Això no tenia manera de saber-ho, si no era preguntant-ho, i segons per a quina classe de preguntes, encara no em trobava preparada. O més ben dit, potser no em trobava preparada per a les respostes. La curiositat era pel finestral, pel finestral d'aquella fàbrica abandonada que m'havia semblat veure que s'obria. És per això que em vaig acostar a la finestra, que vaig deixar caure una crossa i, arrepenjant-me en l'altra, vaig alçar la ullera. Vaig mirar, vaig veure... Ostres, que em cal explicar què vaig veure. De bon de veres.

5
L'ILLA DE GONT

Un paisatge. Em vaig espantar tant que em vingué prim de caure, i això, evidentment, en la meua situació no em feia gens de falta. Però fou com un colp, com si tot el paisatge m'hagués entrat per la ullera al fons de la nineta. Vaig apartar-me-la de l'ull. Vaig mirar per la finestra novament, a ull nu. La fàbrica abandonada, el finestral obert. Vaig contemplar la ullera detingudament, per si hi havia res enganxat al vidre que pogués alterar la visió. Però era un vidre normal d'ullera de llarga vista, gruixut. Vaig tornar a posar-me-la a l'ull, cautelosa, amb una mica d'aprensió, ho confesse, i vaig enfocar novament el finestral: ostres, com deia, un paisatge, talment un colp, a l'ull. Llavors, vaig provar d'enfocar una altra cosa, el tros d'horta, per exemple. Aquesta vegada no va haver-hi sorpresa: el veia, amb la terra de color de terra, descansada, sense res plantat. Vaig mirar el campanar que m'havia acompanyat amb la música aquell matí. Allà era, amb els arcs, amb la campana a dins. Una campana de bronze, bonica, que es veia molt grossa amb aquella ullera que l'acostava. Vaig tornar a enfocar el finestral. I allà tenia, de nou, el paisatge: mar blava i una illa, una illa rocallosa, amb poblets a la vora dels esculls, amb una muntanya solitària elevada sobre una mar tempestuosa, talment com... com l'illa de

Gont! Vaig apartar-me la ullera de l'ull, espantada. No, això no era possible. Era com una de les illes del llibre que havia començat a llegir aquell matí!

Vaig deixar la ullera, vaig agafar les crosses i vaig acostar-me a la tauleta de nit. M'asseguí al llit i vaig tornar a obrir el llibre. Començava d'aquesta manera: «L'illa de Gont, una muntanya solitària que eleva el cim una milla per sobre el tempestuós mar del Nord-est, és una terra famosa pels seus mags». Un calfred em va recórrer sencera. Que potser encara es feien sentir els efectes de l'anestèsia? Però fins llavors no m'havia passat res estrany. Res no m'havia fet pensar que els medicaments que m'havien donat haguessen tingut cap mena d'efecte sobre les meues percepcions. Vaig alçar-me de nou. Sí, ja sabia que no era convenient, i que el metge havia dit que al llit, però me n'havia d'assegurar bé, de tot allò, no? Vaig mirar sense la ullera: el finestral, obert, però normal. Vaig posar-me la ullera a l'ull. Allà la tenia. L'illa de Gont, sense cap mena de dubte.

Per la claror, pel sol alt, va semblar-me que devia ser en l'illa la mateixa hora que ací. Vaig passejar la mirada pels poblets de la vora de les cales, mentre m'envaïa aquell pressentiment de quan ets a punt de viure alguna cosa molt especial, tan especial que et prepares, et demores, fins i tot en retardes una mica el començament, perquè és tan fantàstic saber que arribarà... Jo volia pujar a dalt, a les faldes del cim, a la recerca del petit llogaret solitari anomenat Deu Verns, on Ged, el protagonista del llibre, havia nascut. I allà era. Vaig saber-ho tot d'una, perquè era el darrer poble abans dels cims rocallosos. Vaig mirar amb atenció cada casa fins que vaig topar-me el fargaire, un home vell que treballava de sol a sol i que era allà, amb el martell en la mà, donant forma de punta de llança a un tros de ferro. Com aquella vegada que n'hagué de fer tantes, quan arribaren els guerrers de les terres de Kargad, i que Ged féu el primer acte de màgia important.

–Ei, què mires d'aquesta manera? Que vols res? –em digué el fargaire amb aquella veu seua, rogallosa i una mica ferida pel temps.

–Només mirava...

–No tinc costum que m'observen quan treballe. De manera que, si no vols res, ja pots fer via.

Vaig fer-li cas. Vaig trobar de seguida la caseta que els de Kargad havien aterrat en l'intent d'arrasar el poble, cosa que, afortunadament, Ged féu avortar amb l'encanteri que va trenar la boira, però tot seguit em vaig endinsar en el bosc, buscant el riu, el riu d'aigües fredes que tan bé coneixia. Que agradable sentir aquella olor de verd, de matolls! Vaig buscar les herbes que el protagonista coneixia, la sempreviva, la quadrifòlia. Que magnífic, si jo pogués tenir un mestre de màgia com havia tingut Ged, un mestre com l'Ogió...

–Que em buscaves? –em va demanar un home, ni jove ni vell, com si hagués aparegut del no res, sense fer cap mena de soroll. Tanmateix, la seua presència no va espantar-me gens.

–No n'estic certa. Que és l'Ogió, vosté?

–L'Ogió? Qui és l'Ogió?

–L'Ogió és un mag, mestre de mags. Va ensenyar moltes coses a Ged.

–Ja m'agradaria, a mi, saber-ne tantes! Sóc un home normal, jo. Però no conec l'Ogió, ni sé qui és aquest Ged. Jo em dic Jem –va dir mentre m'allargava la mà.

–Perdone, no he entés bé el seu nom. Ha dit Jim?

–No, he dit Jem.

–Ah. Jo sóc Alícia –vaig dir encaixant.

–Vaja, tu sí que tens nom de personatge

Em vaig quedar parada. Feia temps que ningú no m'hi feia referència, tot i que, en realitat, els pares m'havien posat el nom per ella, per la de Terra de Meravelles.

–Però em buscaves, no? Certament, si no, què faries ací? –continuà.

–Doncs, no ho sé ben bé. On sóc?

–En Terra de Meravelles, evidentment. On havies de ser?

–M'havia paregut que això era l'illa de Gont.

–Terra de Meravelles, l'illa de Gont, la del Tresor, tant hi fa! El cas és que has travessat el llindar.

Vaig mirar tot al voltant. De quin llindar parlava?

–No entenc què vol dir...

–Ai, sempre oblide la dificultat que tenen els nouvinguts. On hauries de ser tu, ara?

–Doncs, la veritat és que hauria de ser amb la meua família, navegant per la mar d'Ulisses. I, en canvi sóc ací tancada, amb la cama trencada, enguixada, amb aquest clau...

–Quina clau? –demanà ell.

–Una clau, no. Un clau –vaig dir mentre m'assenyalava la cama i me la mirava.

Cap clau, cap guix, cap res. Vaig sentir una espècie de mareig. Però un mareig distint del que havia sentit uns quants dies abans al camp de bàsquet, diferent també del que havia sentit a l'hospital. Era com un vertigen, un mareig que sabia que no em faria caure i llestos...

–Que no et trobes bé, Alícia?

–No ho sé. Em sembla que estic un poc marejada.

–Sol passar en eixos indrets. És per la baixura. Però no et preocupes. Vine, acompanya'm a ca la Rellotgera. Té un remei específic per al mareig de baixura.

A mi, allò de la baixura no em sonava gens. Havia sentit parlar del mal d'altura, però del mareig de baixura...

La casa de la Rellotgera era de fusta i, em sembla que, si no hi hagués anat amb Jem, hi hauria passat de llarg, perquè era feta de tal manera que semblava incrustada en el paisatge, talment com un arbre més, o... Ostres, això em recordava verament Alícia i totes les meravelles que trobava en aquella terra, perquè ella, creia recordar, que ja feia molt que els pares m'havien llegit aquella història, també passava per una porta encastada en un arbre.

A dins era fosc, però hi havia un bon foc que il·luminava l'estança i la Rellotgera hi seia devora. Vaig suposar que era la Rellotgera perquè no hi havia ningú més allà dins. En veure'ns entrar, i abans de dir res, ja va posar unes herbes en l'aigua que bullia.

–Què, té el mareig? –va demanar a Jem, després d'haver-me fet una llambregada.

–Com tots, quan arriben ací. La baixura.

Vam seure a prop seu, a prop del foc. Una bella estona, ningú no va dir res. Però em sentia còmoda, perquè no era la mena de silenci que es feia a vegades entre la mare i jo, un silenci sòlid i pesant, carregat de coses que no es diuen, un silenci tapit de pedres petites, redones, polides..., un silenci tot ple de secrets i gran com una mar. Aquest, contràriament, era un silenci net, acollidor. Un silenci que feia confiança. Ens vam estar així fins que la Rellotgera va servir aquelles herbes en uns bols de terrissa. Vaig engolir-me aquell beuratge a glopets. El vaig trobar amarg, però em va semblar que no seria educat de demanar ni sucre ni mel. I el fet és que al cap de poc el mareig se m'espassà. Llavors, ja vaig poder-me fixar en tot, en la casa per dins, en la Rellotgera. I vaig sentir-me bé, sense poder explicar gaire en què consistia aquella benaurança, sinó, com ho diria?, com si hagués arribat en un lloc que m'esperava feia temps. Com si fos allà on havia de ser.

–Et trobes millor, xica? –em va demanar la Rellotgera.

–Molt millor, la veritat.

–Li diuen Alícia –féu Jem.

–Alícia... Un nom curiós. No li deien Alícia també, a aquella xiqueta que va venir una vegada? Una que era molt insolent i que va asseure's a taula sense que la convidàrem? –va demanar a Jem.

–Insolent? Potser... Ja fa molts anys, veritat? –va demanar ell, pensatiu.

–I tant, en temps de la Reina. Sí, sí, li deien Alícia, però era una criatura. Tu, en canvi, ja ets més gran –digué, ara adreçant-se a mi–. De manera que supose que ja saps què vols fer.

–Què vull fer? No entenc prou bé...

–Has travessat el llindar. Pots triar.

–Perdone, però no l'entenc. Això ja m'ho ha dit Jim, abans.

–Jim, no. Em diuen Jem. Jem.

–Disculpe, no l'havia sentit mai abans. És un nom... estrany.

–No és Trany, és Jem. Jem! Quantes voltes te l'hauré de repetir? Vegem si serà veritat que resultaràs tan insolent com l'altra Alícia.

–Mire, no el volia molestar –vaig dir per posar pau, tot i que em sentia també un poc enfadada–. És que em sent una mica confusa. No sé gaire bé on em trobe, ni sé de quin llindar em parlen. Ni sé què he de triar.

–Llavors, potser has vingut abans d'hora –va dir la Rellotgera–. És estrany...

–Tu també? –saltà ell amb una veu aguda–. No és Trany, és Jem.

–Sí, perdona, Jem, però és estrany! Algun rellotge no va a l'hora. Tenim novament dificultats, amb el temps.

–Doncs hi hem de posar remei –va respondre ell.

–Agafa el remei, jo agafaré el rellotge –digué ella mentre despenjava un rellotge de cucut de la paret.

–Trau-ne el pardal –va dir ell.

–Ja el tinc.

–Fes-li obrir el bec.

–Obre el bec, cucut!

Però el cucut no volia el remei i es va envolar; i amb l'espant, el remei de les mans de Jem m'anà a parar a la cara i als ulls, i tot seguit, un son molt dolç em va envair. Però mentre els ulls se m'aclucaven, va semblar-me que aquells dos entonaven una cançó que coneixia, una cançó que mon pare m'havia cantat moltes i moltes voltes, una que havia aprés en una versió teatral d'*Alícia en Terra Meravelles*, i en la qual ell feia de Barreter. Deia la cançó:

Si un dia estàs trist
res millor faràs
que trobar un amic
dels que no fan anys.

Que feliços som
que contents estem
tu i jo no fem anys
junts ho celebrem!

6
QUE ESTRANYA ÉS LA MAR

Quan vaig badar els ulls, vaig veure el pare que em mirava.

–Em sembla que has fet una bona migdiada.

–Pare! Quina hora és?

–Les vuit.

–Les vuit de la vesprada?

–Sí, bonica, des de quina hora dorms? –va dir alhora que em feia un bes.

–No t'ho sabria dir...

–Com vas de gana? Faré un sopar que te'n xuplaràs els dits.

I se n'anà a la cuina a preparar-lo.

Em sentia tota estranya. Havia somniat? Certament era al llit, i enlloc no veia la ullera de llarga vista. I tanmateix...

Mentre el sopar es feia al forn, el pare vingué i m'ajudà en la difícil tasca de dutxar-me amb la cama enguixada. També em rentà els cabells. Per a sopar hi havia peix, i he de confessar que, tot i que no m'agrada gaire, tenia raó i n'hi havia per a xuplar-se'n els dits. Després ens vam installar al sofà, jo amb la cama estirada, i em va explicar com li havia anat l'assaig. L'obra, que era d'un autor italià, un tal Alessandro Baricco, es deia '*Novecento. El pianista de l'oceà*'. Sembla que la mar ens empaitava a tots, aquell estiu. El director havia vingut del País Basc per dirigir l'obra. Però l'obra, que era un monòleg, només tenia el pare de personatge. Bé, el pare i un músic que tocava el piano, perquè en realitat, l'obra explicava la història d'un pianista, i l'explicava el personatge que feia mon pare, un trompetista. Jo l'escoltava, però també continuava amb les meues cabòries.

–Pare –el vaig interrompre.

–Digues, filla.

–La fàbrica d'ací davant és abandonada?

–Sí.

–I no hi viu ningú?

–No, que jo sàpia.

–Què hi fabricaven?

–Pólvora, castells de focs, traques, ja saps. Però s'hagueren de traslladar, perquè va eixir una normativa que prohibia eixa activitat tan a prop de llocs poblats.

–Fa molts anys que està així?

–Des que estic ací, almenys. O siga que ja en fa tres. Però segur que en fa uns quants més. Si hi tens molt d'interés, ho puc demanar. Segur que Ximo, el barber, m'ho podrà dir amb exactitud. Viu ací des que era menut.

–Pare...

–Sí?

–No tens una ullera de llarga vista?

Em va semblar que la pregunta l'alterava un poc.

–Sí.

–Antiga?

–Sí.

–De llautó?

–Sí.

–És una herència?

–No, és un regal.

–D'algú com tu?

–Vols dir, actor?

–No.

–Vols dir, homosexual?

No vaig respondre, perquè era una paraula que encara em lligava la llengua, però vaig assentir.

–Sí, és un regal de Jem.

–Com? –vaig saltar.

–Com què? –demanà ell.

–Quin nom has dit?

–Jem, he dit Jem.

No sé, el nom fou com un colp. Vull dir que no era un nom comú. De fet, era un nom que jo no havia sentit mai de la vida fins aquell dia. Però no vaig demanar-li res més, i ell tampoc no va insistir-hi.

Aquella nit em costà d'adormir-me. La veritat és que hauria volgut alçar-me i comprovar si la ullera de llarga vista continuava guardada al calaix d'on jo creia que l'havia treta, però el pare m'havia acompanyat al llit i no em semblava convenient que em sentís traginar amb les crosses amunt i avall. El somni tenia tantes característiques reals, tants detalls i, sobretot, el recordava tan bé! Punt per punt, d'una manera diàfana, com si ho hagués viscut, realment.

Vaig rumiar molt abans d'adormir-me: el llindar, l'illa de Gont, Terra de Meravelles, castells de focs... Evidentment, l'endemà, quan el pare se n'anàs, la primera cosa que pensava fer era buscar la ullera i mirar el finestral de la fàbrica abandonada. Potser veuria l'illa de nou, potser podria travessar el llindar.

Ja m'adormia quan va sonar el telèfon. No és que fos tan tard, devien ser les onze, però el pare s'havia d'alçar molt enjorn i ens havíem allitat prompte, i de colp, vaig adonar-me que feia moltes hores que no pensava en la família, que no m'havia demanat on eren, què feien. Perquè eren ells, és clar, tots els cosins i les cosines, la mare, els oncles, les ties.

Fou una conversa caòtica, aquella; tots volien parlar i es furtaven el telèfon, havien arribat a Naxos i per això trucaven, que en alta mar no hi havia cobertura. Gerard i Blanca s'havien marejat, Andreu havia agafat el timó perquè s'entenia a meravella amb el capità, Marc estava enfadat amb Andreu perquè s'entenia a meravella amb el capità i li deixava agafar el timó, i Teresa opinava que el capità era bastant ben plantat, però un poc antipàtic. A la tia Laura, se li havia cremat el nas de tant de sol; a la tia Aurèlia, tot li semblava «fantàstic i meravellós»; els oncles reien i no deien res i, finalment, la mare, va allunyar-se de tothom per poder parlar amb mi de veres.

–Com estàs, bonica?

–Estic bé, mare.

–Et fa mal la cama?

–No, em pica i prou.

–A mi, la sal també em fa molta picor a la pell, i això fa que et recorde molt.

–Tu estàs bé, mare?

–Sí, estic bé, però no sé, és estranya la mar.

–Per què ho dius, estranya?

–No ho sé, em fa pensar en coses llunyanes.

–Però, són coses bones?

–Sí, són coses bones. He recordat un viatge amb vaixell a Menorca amb ton pare. Tinguérem una travessia horrible. Jo estava marejada, i ja estava embarassada de tu, encara que tot just eres xicoteta com una llentilla. I quan per fi ens acostàvem a l'illa, vam decidir el teu nom. Jo vaig dir: Terra, per fi, Terra de Meravelles. I el pare va dir: li posarem Alícia. I això que no sabíem si series una xica.

Es féu un silenci. Però fou un silenci bonic, diferent, un silenci que feia confiança.

–Mare, per favor, vull que ho passes bé.

–Ho sé, preciosa, però t'enyore.

Llavors, sense voler, se'm va escapar una pedra petita, redona i polida que portava enganxada al guix:

–Jo també t'enyore, mare.

–Bona nit, princesa.

–Bona nit, mare.

7
'BLADE RUNNER'

De bon matí vaig rebre una telefonada imprevista que va trastocar-me tots els plans.

–Diga?

–Ali?

–Sí, sóc jo, amb qui parle?

–Sóc Albert Morelló, el teu company de classe.

–Ah...

–Com estàs?

–Bé, mira, ací...

–Em digué mon pare que t'havies trencat la cama.

–Sí...

–Per dos llocs.

–Exactament.

–I que t'havien de posar un clau.

–Veig que estàs molt ben informat.

–Ja... sí... és que ton pare va telefonar al meu.

–Sí, ja m'ho digué.

–O siga, que t'has perdut el viatge.

–Sí.

–I què fas? T'avorreixes molt?

–Home...

–Si vols, podria passar a veure't.

–Com?

–Mira, hui al matí no tinc res a fer. D'ací a una horeta puc passar a veure't, què me'n dius?

–No ho sé... bé, és clar..., però, ja saps on és?

–Ah, sí. Ton pare va donar-me l'adreça.

–Ah!

–Fins després.

–Adéu.

És dolorós de transcriure aquesta conversa. La meua part, vull dir. Ah, sí, ja... Tot monosíl·labs, i quina manca de naturalitat, d'entusiasme, de tot! I que nerviosa que vaig posar-me. Tot era un maremàgnum dins el meu cap. Mon pare? Quan havia vist mon pare, Albert? Què en sabia? Per què em telefonava Albert? Li ho havia demanat mon pare, també?

Uf, mare, i jo allà, estirada i feta un sant llàtzer. M'alcí per mirar-me en l'espill, per contemplar l'horrible criatura que Albert veuria al cap d'una horeta. Gràcies que m'havia dutxat la nit abans i que el pare m'havia rentat els cabells! Vaig tirar-me aigua a la cara, vaig pentinar-me, vaig fer-me una cua, i després me la vaig desfer. M'hauria agradat llevar-me la camisa de dormir i posar-me alguna cosa decent, però, és clar, quan la mare em féu la maleta, no se li va acudir que jo pogués necessitar res especial. I a mi, tampoc. De manera que vaig haver d'anar amb la camisa de dormir, perquè totes les coses que vaig trobar en l'armari del pare eren samarretes, però no prou llargues, i quan vaig voler adonar-me'n, ja sonava el timbre del portal. Juraria que no havia passat una hora, però tant m'era. Coixim-coixam, vaig anar a obrir la porta al xic que em feia sentir el cor com si anàs al galop.

Miraculosament, tot fou més fàcil en persona. El temps no va galopar com el meu cor, ni tampoc s'aturà. Solament féu el fet. Albert es va impressionar del meu clau, però li vaig explicar que, tot i que era molt aparatós, no em feia mal. Vam parlar de tot un poc, dels companys i companyes de classe, de com ens havia anat el curs, del professor de llengua, de la professora de matemàtiques, de la passió d'Albert per les ciències naturals, de la meua pel bàsquet i per la literatura. Fou un poquet com descobrir-nos. Cert que ja ens coneixíem de classe, que feia dos anys que estudiàvem junts, però mai no havíem parlat així, tots dos sols. I jo mai no hauria pogut imaginar que pogués ser tan fàcil, vull dir que no estava nerviosa ni res. No pensava coses idiotes com ara *ui, és el xic que m'agrada*. I no és que hagués deixat d'agradar-me. Al contrari, m'agradava més encara. Em sentia a plaer, amb ell, tranquil·la, alegre. Però, això, ho dic ara, perquè mentre xarràvem no pensava en res. Em sembla que jo lluïa un gran somriure, un somriure immens, redó com una lluna quan fa el ple. I ell també, que m'hi vaig fixar.

A mitjan matí, en un dels descansos de l'assaig, mon pare va telefonar.

–Què fas, perla?

–Mira, que ha vingut Albert a veure'm, i som ací, raonant.

–Ah, molt bé, no? Demana-li si vol quedar-se a dinar, que he deixat prou menjar per a tots dos.

–Com?

–Tu demana-li-ho, Alícia.

–Que diu mon pare que si vols quedar-te a dinar –vaig dir a Albert tot tapant l'auricular.

–Ah, molt bé, per mi, perfecte. Truque a casa i els ho dic.

–Que sí, que es queda, pare.

–Molt bé, així estic més tranquil, perquè no estaràs tan sola. Teniu amanida de pasta en la nevera, d'acord?

–Sí pare, fins a la nit.

–Passeu-ho bé.

Després de dinar volguérem mirar una pel·lícula, i Albert es va quedar bocabadat en veure la col·lecció del pare.

–Les has vistes totes?

–No, home, què dius? Unes quantes, solament.

–Què fem? Quina triem?

–La que vulgues. T'agraden les de ciència-ficció?

–Sí, no ho sé, no n'he vistes tantes tampoc.

–*Blade Runner*?

–Quina? –em demanà estranyat.

–Doncs, mirarem eixa.

No sé per què se'm va acudir de triar precisament aquella. Potser perquè era l'última que havia vist amb els pares abans que se separassen. El pare havia vingut molt content perquè havia trobat, finalment, «el muntatge del director» de la pel·lícula, que vol dir que no era la versió que s'havia projectat en les sales de cinema, sinó que tenia un final diferent que havien llevat, quan l'estrenaren, perquè opinaven que no era prou comercial. I és que, en cinema, diu mon pare que n'hi passen, de coses d'aquestes. Vaig demanar per favor si podia mirar-la amb ells. Ho demanava sempre. A vegades ho aconseguia i a vegades no. En aquesta ocasió varen dir que sí, uns pocs dies abans d'aquell Nadal tan assenyalat. Després no l'havia mirada més, perquè temia que no em recordàs massa coses.

Però aquell dia, amb Albert, em va semblar que podia ser diferent. I ho fou: la boira dels carrers, els cotxes voladors, els llums que il·luminaven la ciutat, com fars entre els esculls, les serps elèctriques, el mercat nocturn d'aquell món on sempre és de nit, la partida d'escacs, la música, el personatge Sebastian i els seus magnífics robots, el fabricant d'ulls. I tota la història, és clar, l'existència d'uns androides que són com humans: els replicants, en diuen. I són iguals que les persones, físicament, però se suposa que no tenen sentiments, fins que en comencen a tenir i es tornen perillosos. Bé, no és el cas d'explicar la pel·lícula, ara.

Albert restà mut, impressionat, però molt. De fet, li va agradar tant que em va demanar de mirar-la una altra volta. I li vaig dir que sí, evidentment. I llavors ja ens poguérem fixar en més detalls, en més coses. A mi, m'agradà sobretot un unicorn que eixia en un somni, i descobrir que després, en la darrera escena, n'eixia un altre, un unicorn petit fet amb paper de plata, de papiroflèxia.

Però també he de confessar que em vaig perdre unes quantes escenes perquè, jo estava estirada al llit, i Albert seia en una butaca que el pare havia posat a la vora, per a ell i per als visitants ocasionals, però col·locada de manera que jo podia mirar Albert sense que ell se n'adonàs. I ho vaig fer. I he de reconéixer que m'agradava, m'agradava molt, i que era magnífic mirar pel·lícules amb ell.

La vesprada em va passar volant. Encara raonàvem de *Blade Runner* quan mon pare va arribar, i de seguida se'n va anar Albert, que no va consentir que el pare l'acompanyàs amb el cotxe, que el metro li anava molt bé i que el deixava quasi a la porta de casa.

Em sembla que aquell fou el dilluns més bonic de la meua vida.

8
A, D'AVENTURA

Vaig somniar ma mare. No sé per què. Potser perquè no havíem parlat aquell dia, que ja em vaig imaginar que devien ser en alta mar i no tenien cobertura.

En el somni, érem en una casa amb moltes habitacions que ens deixaven perquè hi visquérem. Però era una espècie de casa museu per la qual es passejaven els turistes a unes hores determinades. Jo no estava segura que això m'agradàs, però veia la mare tan contenta, després de tant de temps, que pensava que m'hi hauria d'acostumar i prou. Jo inspeccionava tota la casa i descobria que n'hi havia una part encara en obres. Després de passejar-me pel pati, ple de turistes, entrava pròpiament en la casa, en la part que habitaríem; i al bany, dins la banyera, hi trobava un gos enorme tapat amb un paper platejat que s'alçava i m'espantava, tot i que m'adonava prou que era un gos mecànic, que no era un gos de veritat.

Quan vaig despertar-me, mon pare era encara a casa, perquè aquell dia no començaven l'assaig fins a les onze del matí, de manera que vaig tenir un esmorzar de pel·lícula, d'aquelles pel·lícules antigues que tant agraden al pare, perquè va presentar-se'm a l'habitació amb una safata amb la fruita, el got de llet, unes torrades de pa amb tomata i unes floretes de gessamí que havia tallat d'una planta seua per fer-m'ho més bonic. Jo estava contenta. Encara em durava l'alegria del dia abans, una alegria completa que ni la inquietud del somni del gos mecànic no havia aconseguit de torbar. Al pare, no li havia demanat com era que havia parlat amb Albert, per què li havia explicat on estava, quan li havia donat el número de telèfon... Sí, estava tan contenta de totes les coses que havien passat, que no vaig tenir ganes de fer preguntes. Però, justet i cabalet, mon pare sí que en tenia.

–Com va anar ahir, amb Albert?–em demanà mentre girava la butaca cap a mi i s'asseia precisament allà on la vesprada abans havia segut Albert.

–Bé –vaig respondre mentre em posava un mos de meló d'Alger en la boca per dissimular.

–Sembla agradable, Albert.

–Sí –vaig mussitar.

–I es veu que li agrada el cinema –continuà ell.

–Sí –vaig respondre amb veu baixeta, mentre em posava un altre bocí de fruita a la boca.

–Potser és que t'agrada.

–Com? –vaig saltar amb la forquilla a les mans.

–No ho sé, Alícia. Tants de monosíl·labs fan pensar.

–Què dius, pare?

–Dona, és com si no volgueres parlar, com si et fera vergonya...

–Vergonya no, però és que ara no tinc ganes de parlar d'això. A més, ara esmorze.

–Ah, disculpa'm. Deixem-ho estar.

Caigué un silenci dels que que es fan sentir. No un silenci de callar, sinó de no dir res; com l'impacte d'una cosa sòlida que ens hagués eixordat i que s'anàs dilatant, com les ones cada volta més amples d'una pedra tirada a l'aigua... Fins que va semblar-me que l'ona, el silenci, la distància, s'havia fet enorme. Com si hi hagués una mar entre tots dos. Això ja solia passar-me amb la mare, però amb el pare, no. És clar que, amb ma mare, hi vivia, i amb el pare, només de tant en tant. Em prengué una tristesa gran.

–Creus que estaràs bé? –trencà el silenci, ell.

–Sí, per què ho preguntes?

–No ho sé, de colp t'he notat rara. Si vols, si t'abellix, podries tenir companyia. Podria dir a Jem que passara a visitar-te.

–Com?

–Ja ho saps, l'amic que em va regalar la ullera.

–Valdrà més un altre dia, pare –vaig encertar a respondre mentre em posava a la boca un altre mos de meló. Perquè, la veritat, no em trobava gens preparada per a estar-me amb un amic del pare, un amic especial que li regalava ulleres de llarga vista que provocaven visions i que, a més, tenia aquell nom.

–Molt bé, filla, quan tu vulgues. Ara me n'he d'anar –digué tot alçant-se de la cadira–. Ens veurem a la nit. Ja saps que el pollastre, només te l'has de calfar una miqueta en el forn.

Em besà abans d'eixir. I no vaig poder saber si se n'anava trist, ni si li havia caigut malament això que li havia dit del seu amic, perquè mon pare és actor, ja ho he dit a muntó, i com pots saber si un actor actua en la vida real quan et diu una cosa?

La idea no se m'havia acudit sola. Vull dir que era una idea que surava sempre, des de feia tres anys, en cada comentari que ma mare feia de mon pare. Mai expressament, no vull mentir. Aquella idea, expressada clarament, no havia eixit mai de boca de ma mare. Però si jo li deia, posem per cas:

–Diu el pare que em veu més gran, que dec haver crescut almenys tres dits.

Ella responia:

–Això diu, ton pare?

I pot semblar una resposta sense més, però no ho era. Anava embolicada com un caramel, però l'embolcall no era un paper, és clar, era l'entonació que l'acompanyava, com un núvol de suspicàcia, de desconfiança, i quan l'obries, quan retiraves aquell núvol de paper, podies sentir tot allò que no havia dit amb paraules, i que era una cosa semblant a: «I des de quan ton pare diu res que siga veritat? O és que no te'n recordes, d'aquella cosa que va dir fa tres anys, després d'haver dit la contrària durant tota la vida?».

Bé, potser jo tinc una imaginació molt viva, com diu la tia Aurèlia, però, juraria, posaria la mà al foc, que, en l'entonació de la mare, s'hi amagaven tals paraules o unes de molt semblants.

Però ara era jo qui em demanava si mon pare no actuava, perquè s'havia alçat de colp, i em va semblar que aquell acte seu d'alçar-se de la cadira i anar-se'n tot seguit era molt semblant a la manera com jo em menjava el meló aquell matí, o siga, una manera de dissimular, una manera d'amagar les emocions que anaven per dins.

I tot això, tota aquesta conversa, o millor dit, tota aquesta no-conversa, va alterar-me l'humor. Jo, que m'havia despertat tan contenta amb els records del dia abans, ara em sentia trista. Com si, tot navegant per una bona mar, una mar de bonança, et trobes en sec amb una mar de llamp, una agitació que et sobreprén, que no l'esperaves gens. Em vaig sentir trista de colp. Com si hagués restat incomunicada. Amb la mare, no hi podia parlar, no perquè se n'hagués anat de viatge, o sí..., vull dir que, des de feia tres anys, ella habitava un altre món, un món que era negre, com la tristesa i la pena, i vermell com la ràbia que sentia contra mon pare per tot allò que havia passat. I amb mon pare, que intentava de fer-me les coses fàcils, que me les demanava dolçament, que fins i tot m'afavoria els encontres, volent o sense voler, com havia passat amb Albert, de colp tampoc no gosava parlar-hi, com si en desconfiàs. I damunt, havia rebutjat ben clarament de conéixer un amic seu.

Quan vaig sentir que tancava la porta del carrer, les llàgrimes ja em feien camí galtes avall. Però no vaig arribar a sanglotar, perquè tot seguit em vaig imaginar la mare i les ties dient «són les hormones», i el plor se'm va tallar de colp.

Vaig agafar el llibre i vaig continuar la lectura. Quan vaig adonar-me'n ja era al final. Quin llibre tan bonic, i quina història! El protagonista tot just era un poquet més gran que jo. Tenia quinze anys quan començava l'aventura, i calia veure quantes coses li passaven, mentre que a mi... Vaig pensar en la ullera, en Jem, en allò que havia dit la Rellotgera. Que encara no estava preparada, o una cosa així. No estava preparada per a què? Què en sabia, aquella dona, de la meua vida? A mi, em semblava que estava preparada per a moltes coses, encara que, certament, en aquell moment que m'havien fet la pregunta, no havia sabut què respondre. Ara sí que hauria sabut què dir. Volia estar sola, jo també, com el protagonista de la història que llegia, enmig de la mar, disposada a viure les aventures necessàries, disposada a plantar cara a qualsevol perill, disposada a comptar totes les pedres redones i polides, si calia. I si ho provava?

Vaig alçar-me del llit i vaig anar al calaix. Efectivament, allà hi havia la ullera de llarga vista. Vaig acostar-me a la finestra. A bell ull, el finestral de la fàbrica abandonada pareixia encara obert. En visar-la amb la ullera un esquitx d'aigua salada a l'ull dret m'obligà a aclucar-lo tot d'una. Era un maldecap, això de l'aigua –dolça o salada, tant se val–. De fet, m'havia de dutxar amb els ulls clucs, perquè tan sols que me n'hi entràs una goteta ja em coïen i no m'hi veia. Quin drama! Però amb l'ull esquerre obert, em vaig veure, com havia desitjat, dins una barca enmig de la mar, sense cap ullera de llarga vista que pogués tornar-me a la seguretat de la meua habitació, i amb un avantatge: en la cama, cap trencadura, cap clau. Em vaig sentir sencera, contenta de colp, disposada, absolutament disposada, a viure totes les aventures necessàries.

–A, d'Aventura –vaig cridar fent botzina amb les mans–, ací t'espere.

I com si hagués estat a l'espera de la meua crida, l'Aventura va arribar com una ventada fortíssima, i amb les urpes d'una àguila, o potser d'un falcó, se'm va emportar amunt, cel amunt, molt i molt alt.

9
TANTES COM ESTRELES

Era magnífic veure la mar des d'allà dalt, blava i serena, pintada ací i allà amb les ratlles blanques de l'escuma d'una mar arrissada i solitària. No distingia terra enlloc. Al cap d'una poca estona, allà lluny vaig creure albirar un vaixell, i a mesura que ens acostàvem en aquella direcció, vaig poder confirmar que ho era. Un vaixell de vela, més gran que no m'imaginava, i quan hi volava per sobre em va semblar, hauria jurat... Però no, no podia ser. Al cap d'una altra estona vaig distingir terra, i en la part més alta d'aquella illa, en una muntanyola, l'ocell em dipositá i continuà el seu vol. M'hi dipositá suaument, o almenys m'ho semblà, perquè no vaig sentir cap sotrac i el meu cos era net de ferides. Que era una illa, i no gaire gran, vaig saber-ho de seguida perquè, miràs on miràs, a migjorn o a tramuntana, a ponent o a llevant, la visió era la mateixa: la mar blava envoltant tot el meu horitzó. Llavors vaig adonar-me, sense que pogués explicar-m'ho, que la roba que duia no era, afortunadament, la camisa de dormir, sinó una samarreta, uns pantalons curts i unes esportives. En tots dos peus! Unes esportives que m'agradaven especialment i que m'havien regalat aquell any pel meu aniversari.

Allà dalt, en un replà del turó, de vegetació, n'hi havia ben poca: unes mates de camamil·la ací i allí i poca cosa més; però, més avall, envoltant tot el turó, s'hi endevinaven bosquets de pins. Pins retorçuts, cal dir-ho, cosa que indicava que el vent devia bufar-hi de valent, en aquell indret. Vaig decidir-me a baixar pel costat que em semblà més fàcil. A poc a poc i de costat, perquè encara que no semblava gaire alt, el turó era molt dret, i no tenia gens de ganes de caure de nou. No pas en aquella illa, no pas en aquell lloc, on em pareixia que em trobava completament sola –com havia desitjat, certament–. El bosc era bonic i atapeït, i vaig agrair l'ombra després d'aquella estona al sol. Em vaig asseure sobre la pinassa i vaig tombar-me. La visió era relaxant. El verd allà a sobre, el blau del cel que s'endevinava dellà la verdor, la remor de les ones que m'arribava com un batec somort. Potser m'hauria adormit i tot, si una veu no m'hagués fet incorporar d'un bot.

–Bon dia, xica! Què fas per aquests viaranys?

Era un home d'una setantena d'anys, i puc jurar que feia tota la pinta d'un nàufrag. Tenia els cabells que li blanquejaven, bastant arrissats i llargs, i la barba, que li arribava a mig pit, també era blanquinosa. Duia una camisa blava, que feia joc amb els seus ulls, amb el cel i la mar, i uns pantalons, arregussats a mitja cama, d'un color grisós. I quina manera de parlar, «viaranys». Com un personatge de llibre.

–No sé gaire on sóc. M'acaben de deixar ací.

–Un ocell?

–Justa, com ho sabeu?

–No em parlaràs de vós, tu ara. Tan vell et parec?

–Perdoneu, no és per vell, és per...

–Majestuós, potser? O venerable?

–Bé, jo hauria dit antic, irreal.

–Doncs no l'encertes gens, xica, ja t'ho dic. Ni sóc irreal ni sóc antic. Toca si vols aquesta barba i estira-la, veuràs que és ben real quan faça un crit. I antic, ja m'ho han dit moltes voltes, però encara ningú no m'ha explicat mai per què.

–Ningú? Que hi viu més gent, ací?

–Dona, viure-hi, viure-hi, no ben bé. Però n'hi passa molta, com tu.

–Com jo? Què voleu dir, com jo?

–Gent que passa, gent que busca. No busques res, tu?

–Potser sí, no ho sé prou bé.

–Doncs ja t'ho dic jo que sí. Ningú no passa per ací si no busca alguna cosa. D'això, pots estar-ne ben certa. Ara, la cosa que busques, te l'hauràs de trobar tota sola.

–I per què esteu tan segur que busque res?

–Dona, perquè ets a l'illa de Pas

–A l'illa de Pas?

–Sí, l'illa dels qui passen quan busquen alguna cosa i encara no saben quina. L'illa dels qui passen quan tornen.

–I és aquesta, l'illa?

–Aquesta mateixa.

–I l'hi heu posat vós, el nom?

–Jo mateix, com a únic habitant, amo i senyor.

–Sou l'amo d'aquestes terres?

–Això és molt dir, aquestes terres. Un pedrot enmig de la mar, no erm del tot, però que s'hi acosta prou. Amb un parell de deus d'aigua dolça i unes quantes coves, bones per a l'hivern i en cas de maltempsada. I poca cosa més, a banda una platja fantàstica. Però sí, en sóc l'amo i senyor, perquè, com t'he dit, en sóc l'únic habitant. I tots els altres hi veniu sempre de pas.

–I fa molt que hi esteu?

–Ja fa temps, sí. Quan vaig arribar ací devia tenir, si fa no fa, els teus anys. Tretze? Catorze?

–Catorze, sí.

–Ah, encara tinc ull, per a l'edat –i va riure per sota el nas.

–I vós, també buscàveu alguna cosa, quan vau arribar?

–Hum... Potser sí.

–I encara esteu ací. És que no l'heu trobada?

–Em sembla que ets un poc insolent, tu, no? Molt tractar-me de vós, i tot seguit em fas unes preguntes, com ho diria...? –es va aclarir la veu que se li enfosquia un poc–, unes preguntes molt personals, xica.

–Disculpeu...

–Disculpada. I amb qui tinc el plaer de parlar?

–Amb Alícia, senyor.

–Alícia... hum. Em sembla que encara no havia passat mai cap Alícia per ací. Però, en això, no m'hi faig fort. Tinc molt mala memòria per als noms.

–I el vostre nom, senyor? Si no us sembla una pregunta massa personal...

–Ha, ha –va riure ell–. Insolent, sí senyor. Em recordes algú quan tenia la teua edat. Era un xicot espavilat, preguntador de mena, i li deien... Jim, això és.

–Heu dit Jem? –vaig fer, un poc alterada.

–No, Jim, he dit. En sóc ben cert. Jim. Ara ja deu ser gran, potser fins i tot majestuós i venerable.

–Com vós, potser?

–Com jo, sí senyora. Però deixem-nos d'enraonies que no menen enlloc. Vine, acompanya'm, t'ensenyaré l'illa.

L'illa era petita, com havia dit el senyor Jim. En molt poc temps m'ho va ensenyar tot, les deus d'aigua dolça, les coves que feia servir a l'hivern, i la platja. Una platja magnífica, realment. Una platja tota coberta de pedres petites, redones, polides.

–Et deixaré una estona sola, a la platja. Quan te'n canses, em trobaràs allà on ens hem conegut. Per dinar ens menjarem el peix que he pescat al matí.

Vaig estirar-me damunt les pedres, i quan vaig estar certa que el senyor Jim se n'havia anat, em vaig traure la roba i vaig banyar-me. No em vaig endinsar gaire, perquè no havia pensat a demanar-li si hi havia meduses o peixos perillosos. Però l'aigua era tan neta que em veia amb claredat fins les ungles dels peus, i a poc a poc i fixant-m'hi, vaig contemplar la vida submergida en aquelles aigües de color turquesa, els peixets menudius, tan menudius que no em feien gens ni mica de por. Llàstima que no tingués ulleres de nadar, perquè m'hauria encantat capbussar-me i contemplar tota aquella vida marina. Vaig surar, vaig fer el mort i vaig contemplar el cel. Era net, amb alguns núvols, però tan blancs, que semblaven de cotó de veritat. Vaig buscar-hi formes. Hi vaig veure una girafa i una cigonya; també un home amb un capell peruà muntat a cavall. Buscava esperant trobar resposta a la meua pregunta. Què era el que jo buscava? On volia anar? El cel no m'ho deia de cap de les maneres.

Vaig eixir a la vora per eixugar-me. Començava a tenir gana. Vaig estirar-me damunt les pedres perquè el sol m'eixugàs completament abans de vestir-me. I mentre m'estava allà estirada, sentint com el sol em llepava cada gota, amb les mans anava agafant pedretes a grapats i les soltava a poc a poc i, quan queien, feien un dring bonic, un dring content. Eren pedres redones, petites, polides. Talment com els secrets que jo guardava. Un moment em va semblar com si aquelles pedretes amagassen algun missatge, alguna clau, alguna resposta. Un moment.

En arribant a la pinada ja vaig notar una sentoreta de peix. I el vaig trobar molt bo. Molt i molt millor que no el que el pare havia cuinat feia poc. Excel·lent. No ho sé, com ho diria? Com tenir la mar sencera al cel de la boca.

–Em sembla que potser ja sé per on hauria de començar la meua recerca –vaig dir mentre pensava en les pedretes.

–Hum... Tan prompte?

–Em sembla que...

–No, no cal que digues res. Abans de prendre qualsevol decisió important de la vida, i aquesta ho pot ser molt, s'hi ha de dormir damunt, Alícia.

–Què voleu dir? No us entenc.

–És de nit, i mentre dormim, que les ànimes s'envolen i van al seu cau. Allà s'omplen de llum i, l'endemà, ens porten les seues visions il·luminades. Demà, si cal, et sentiràs més certa d'allò que avui potser és tan sols una idea, o una intuïció.

–I com ho sabeu, això?

–Xica, que ja t'he dit que fa molts anys que estic en aquesta illa. Ja n'he vists molts, que venien de pas i que cercaven.

–Però, i vós? Encara hi viviu, a l'illa de Pas. Que potser no heu trobat cap resposta?

El senyor Jim no em va respondre res. Va mirar-me i prou. I la seua mirada va avergonyir-me, perquè vaig sentir que havia estat insolent, una vegada més.

–Pots tornar quan el sol s'exhale –va dir després–. Per sopar menjarem peix, i després et prepararé un jaç.

I en aquella frase, no vaig percebre-hi cap mena d'entonació, cap núvol embolcallant les paraules. Cap retret. A tot estirar, i filant molt prim, una espècie de comprensió antiga, molt antiga, talment les paraules que feia servir, com *exhalar* i *jaç*, paraules que jo tan sols coneixia dels llibres.

Vaig fer una passejadeta per la pinada, i quan el sol ja no era tan alt, vaig tornar a pujar a la muntanyeta. Feia impressió, estar-me allà, tota sola, envoltada de mar, coberta de cel i de silenci. Vaig pensar que seria bonic de pujar-hi de nit i contemplar les estreles des d'allà dalt. Després, havent tornat a la platja, vaig banyar-me una altra volta, i asseguda a la vora vaig jugar amb pedretes a les mans mentre contemplava l'espectacle del sol que s'acotxava i a poc a poc s'enfonsava sencer, una ratlla carabassenca, blaus i violetes. Màgia pura i indescriptible. Insuperable. Amb tot el silenci. Després vaig tornar cap al senyor de l'illa. I el peix, vaig trobar-lo tan bo com a migdia.

–Havia pensat a pujar una estona al turó, per contemplar les estreles abans de gitar-me –vaig dir al senyor Jim.

–És una idea magnífica. Fins i tot podries passar-hi la nit –féu ell–. Hi ha qui hi ha trobat respostes. Recorde un xic, com li deien? Quina mala memòria per als noms! Era un xic d'uns dotze anys, un que sabia molt bé què volia. Hi va passar tota la nit, allà dalt.

–En aquesta muntanya?

–En aquesta, en una altra. Tant se val.

–I vós, que n'hi heu passada cap, allà dalt?

–I tant, xica! Moltes.

–I hi heu trobat respostes?

–Tantes com estreles.

10
VOLES MOLT ALT

Em serà difícil d'explicar, per què, tot i que jo, amb el pare sobretot, havia mirat el cel moltes i moltes voltes, mai, però mai, de la vida no havia vist una cosa com aquella. Potser era perquè ens trobàvem enmig de la mar, amb el món a les fosques, que les estreles lluïen d'aquella manera tan màgica. Era com si tinguessen un vocabulari propi, s'encenien d'ací i d'allà i picaven l'ullet, i era magnífic, perquè aquell vocabulari propi era alhora com una música, una música que jo no sentia, però que sentia. Vull dir que no la sentia amb les orelles, sinó que la sentia dins el cor, baixet baixet, a cada batec, a cada onada que arribava a la platja, i era una música que em feia estar bé, com una amiga quan t'abraça, com una amiga quan t'escriu un missatge, com una amiga amb qui, sense parlar gaire, ja saps que t'hi entens. He dit tot el temps una amiga, però també podria ser un amic, com m'havia passat amb Albert el dia d'abans. Perquè hi vaig pensar, mentre m'estava allà. Perquè, tot i sentir-me tan i tan bé, mentre oïa aquella música, un instant, també vaig enyorar-lo. Això pot semblar ridícul, perquè, com pots enyorar ningú que acabes de trobar, si, tota la vida, l'has passada sense ell? Però els sentiments són diferents de les raons, i jo vaig enyorar Albert una mala cosa, aquell instant, perquè m'hauria encantat, de veritat, hauria estat perfecte allò, si l'hagués pogut sentir al meu costat. En silenci, ja m'hauria anat bé. Potser, això sí, hauria gosat agafar-li la mà.

No sé quanta estona m'hi vaig estar. Molta, fins que no em vaig trobar molt serena, com la mar, com la nit, com les estreles, com la veu del senyor Jim que, ara ho comprenia, era això que tenia quan parlava: serenitat.

–Ei, xica, que no et gelaràs ací dalt? T'he pujat una manta. I una ullera de llarga vista, per si vols mirar-hi.

Vaig mirar la manta, i la ullera.

–Què en penseu, vós? Hauria de mirar-hi, o no?

–Tard o d'hora hi hauràs de mirar, això és segur. Però més convenient crec que et tapes amb la manta. Refresca un poc.

–Hi vau arribar amb la ullera, ací?

–Amb la ullera? Potser sí. Ja fa tants anys, i tinc tan mala memòria...

De colp m'agafà por. I si me n'oblidava, jo també, de la meua vida? Dels meus pares? De la meua família? I si em passava com al senyor Jim, que ja no recordava com havia arribat a l'illa de Pas? Vaig agafar la ullera, i vaig mirar.

–Què mires? –la veu de mon pare em sonava ranteret a l'orella, mentre jo seia en el llit mirant per la finestra, a ull nu–, la fàbrica abandonada?

–Doncs, sí... No t'havia sentit arribar.

–Devies trobar-te en les mars perdudes.

–En les mars perdudes? Què vols dir?

–Res, filla. És una expressió mallorquina.

–I què vol dir?

–Vol dir en un lloc llunyà..., figuradament. Com t'ha anat el dia?

–El dia? Bé...

–Has mirat cap pel·lícula?

–No, he llegit...

–I el pollastre, com estava?

–El pollastre? Bo, em sembla, jo...

–Què et passa, Alícia, que no et trobes bé?

–Sí, pare, només un poc atarantada.

–Això és de la calor i d'estar ací tancada. Vols dutxar-te?

–Sí, m'aniria bé.

El pare m'ajudà a dutxar-me, però jo estava preocupada, és clar. Què diria, quan s'adonàs que no havia tocat el pollastre? Mentre jo m'eixugava, ell se n'anà a la cuina a preparar el sopar. Anava eixugant-me amb la tovallola, i mentre me la passava per la cara, per les mans, pels braços, pel cos, esperava que aparegués a la porta i preguntàs:

–Es pot saber què has menjat per dinar, Alícia?

Però no va passar res de tot això. Res del pollastre, res del dinar, res de...

El telèfon va sonar i em va rompre els pensaments i les temences.

–Agafa'l tu, Alícia. Segurament que és ta mare –cridà el pare des de la cuina.

I l'era.

–Hola bonica, com estàs? –va dir amb una veu contenta.

–Bé, mare. I tu?

–Molt bé, la veritat. Anit no et poguérem telefonar perquè no hi havia cobertura.

–Ja m'ho vaig afigurar, mare, no hi fa res.

–Però vaig pensar molt en tu, saps?

–Sí.

–I hui...

–Què?

–M'ha passat una cosa molt estranya. Era en la coberta, jo tota sola, que encara dormien tots. La mar era blava i serena, pintada ací i allà amb ratlles blanques d'escuma, una mar arrissada que diria el capità, i en això que ha passat un ocell immens. Una àguila, o un falcó, no ho sé ben bé.

–Com? –vaig demanar, tot sentint un tremolí per dins.

–Bé, ja et dic que no sé de cert quina mena d'ocell era, però sí que era molt gros, i planava pel cel, i m'has vingut al cap, saps? Com si l'ocell fores tu, com si volares per allà enmig. I he tingut por, però també una alegria molt gran. No ho sé, potser sembla una bajanada, però t'ho volia contar.

Vaig fer un silenci.

–Alícia, em sents?

–Sí, mare...

–Ah, pensava que s'havia tallat.

–No, no. És que jo també t'he vist hui, saps?

–Ah, sí? Que t'has entretingut mirant fotografies?

–No. T'he vist, allà estirada, en la coberta del vaixell, des del cel, mentre volava.

–Alícia.

–Què, mare?

–Gràcies, filla. T'estime.

–Jo també t'estime, mare.

Vaig oir un dring, com si un grapat de pedres petites, redones i polides m'hagués caigut de la butxaca. Però era la comunicació, que s'havia tallat.

El sopar consistí en un ou deixat caure i creïlles. Un sopar que el pare fa de tant en tant i que m'encanta. Em sentia contenta. Totes les coses que m'havien passat, la conversa amb la mare, el sopar. Llavors, vaig demanar al pare com li havia anat l'assaig. I ell, per tota resposta, va traure el paper, el de l'obra de teatre, i me'l va donar. Era ple d'anotacions. I em va dir:

–Me'l vols passar?

Hi vaig assentir, però no vaig dir res. No podia. Era la frase que ell sempre deia a ma mare quan s'estudiava un paper.

–Me'l vols passar?

I jo envejava la mare, però era una cosa que feien sempre tots dos junts, i, no ho sé, per a mi era com si contemplàs una cosa íntima i privada, quan ho veia, i mai no havia gosat demanar que m'ho deixassen fer, a mi.

–*Passava sempre* –va començar– *que, en un determinat moment algú alçava el cap... i la veia. És una cosa difícil d'entendre. Vull dir...*

I allò va ser com obrir una capsa, no de trons, no senyor, sinó de castells de focs, com si, la fàbrica d'allà davant, l'haguessen tornat a engegar i mon pare fos el mestre de les il·lusions. Vull dir que es va donar tot. Què hi farem! És actor. Ja no recitava el text, sinó que l'interpretava. De manera que després d'un full, o d'un full i mig, ja no li vaig poder passar el paper com la mare, ni res, perquè el pare m'encisava, i jo ja no llegia el paper, tot just si tenia ulls per a ell, i quan va mirar-me directament als ulls i va dir-me:

–Això m'ho va ensenyar Danny Boodmann T. D. Lemon Novecento, el pianista més gran que haja tocat mai sobre l'Oceà. En els ulls de la gent, s'hi veuen les coses que veuran, no les que han vist. Això deia: les que veuran.

Doncs ja us podeu imaginar que el tremolí fou especial, com si ell pogués veure en els meus ulls tot allò que jo veuria. I m'hauria agradat, realment m'hauria encantat, que ell fos Danny Boodmann T. D. Lemon Novecento per a poder-li demanar què s'hi veia, en els meus ulls. Però ell només era el trompetista que explicava la història, i no ho podia saber.

Després de les primeres pàgines, que eren les úniques que tenia memoritzades, el pare em féu escoltar la música de piano que tocava el músic en l'obra de teatre i, asseguts al sofà, vam mirar fotografies de quan jo era menuda, de quan vivíem junts i érem una família normal. I m'agradà molt de mirar-me-les amb ell, perquè era una cosa que fèiem abans, quan vivíem tots junts, però era una cosa que fèiem ell i jo, perquè la mare i Andreu s'ensopien.

–Te'n recordes, què dèiem sempre? –vaig demanar-li.

–La família de la A: Anna, Adrià, Alícia i Andreu.

–Encara ho som, pare?

–La família de la A?

–Em conforme amb la família.

–I tant, Alícia. I tant que ho som. Una família diferent, això sí, però ho som.

I vaig voler-m'ho creure, que potser encara érem una família, tot i que, la majoria de dies, en tenia molts dubtes, molts.

El pare m'acompanyà al llit, i no solament això, sinó que es gità una estona amb mi com feia abans, quan jo era més menuda, quan ell només era actor. Ens agafàrem les mans i jugàrem al joc d'imaginar.

–Imagina que ets... –va dir ell.

–Un falcó –vaig respondre, encara que volia dir «la filla d'una família normal».

–I voles alt –va dir ell.

–Vole molt alt –vaig respondre.

–Tant i tant que veus el món sencer.

–Això fa un poc de vertigen, pare.

–Al principi, però ja veuràs que de seguida t'hi acostumaràs.

11
MAR DE FONS

No sé què vaig somniar, perquè no en serve cap imatge, però sí una sensació: que podia volar molt alt sense vertigen, certament. Era a això que es referia Jim, el senyor de l'illa de Pas? Era aquesta la visió il·luminada que m'oferia la meua ànima?

Fuetejada, o potser inspirada per la vivència del dia abans en l'illa, aquell matí vaig començar a llegir *L'illa del Tresor*, i se m'ha de creure quan dic que, en trobar-me, ja en el primer capítol, amb el nom del protagonista, Jim, un xiquet que devia tenir, si fa no fa, la meua edat, i amb aquell vell llop de mar que es passejava pels penya-segats amb una ullera de llarga vista de llautó, el cor se'm va encongir un poc. Amb tantes coincidències, n'hi havia per a espantar-se, no? Però no es va acabar ací la cosa. Quan ja feia un parell d'hores que llegia, quan el vell llop de mar ja era mort i Jim arribava a Bristol i es trobava amb John Silver el Llarg, un mariner d'una sola cama, amb l'altra tallada arran de cuixa, que no em feia bona espina i que, ho transcric: «sota l'aixella esquerra duia una crossa que feia anar amb una destresa extraordinària, movent-se a saltirons com un ocell», el cor ja se'm féu menudiu menudiu. Realment, tantes coincidències començaven a torbar-me. Cert que jo, la cama, la tenia sencera, travessada per un clau, sí, però sencera, encara que també caminava amb crosses i anava enguixada des del taló fins arran de cuixa.

Vaig alçar-me del llit per fer una cosa inajornable i he de confessar que vaig intentar d'arribar al bany amb una sola crossa i saltironant com un ocell. Em passen aquestes coses amb els llibres, què hi puc fer? M'hi endinse tant que m'imagine vivint unes altres vides. Però amb aquest llibre també hi havia una altra cosa, i és que, com siga que jo m'havia preparat per fer un viatge en un vaixell de vela que havia de durar vint dies, i això des de Pasqua, tot aquell llenguatge mariner i nàutic, el sabia. En les poques estones que em deixaven navegar per Internet, n'havia tret llistes de paraules que ara em sonaven mentre llegia el llibre. Sabia que la carena era la part submergida del vaixell, que el buc n'era el cos, i el cabrestant, la maquinària per a hissar la cadena de l'àncora. En sabia el nom de cada part, la proa i la popa, babord i estribord, el nom dels pals, dels mastelers, de les veles. M'havia preparat, escrupolosament, per poder entendre qualsevol cosa que diguessen el capità i els mariners de bord, de manera que ara, mentre llegia, m'hi sentia perfectament, allà; podia notar el vent a la cara, captar perfectament d'on venia, si era de mestral, de migjorn o de tramuntana, i entenia què volien dir quan parlaven de mar plana, o mar vella, o mar podrida.

Però en eixir del bany el meu estat anímic havia canviat un poc. Se m'havien espassat les ganes de llegir. No sé, m'havia agafat una tristesa, com si hi hagués mar de fons, o de lluny, que és quan veus que la mar ve marejada, amb ones alçades per vents llunyans, perquè allà on tu et trobes, de vent, no en fa prou. I ja sabia jo que, en el meu cas, de mar de fons, n'hi havia: totes les coses que he anat explicant de la meua família; i ara se n'hi afegia una altra: Albert. I tot havia anat molt bé, amb ell. Però m'havia sobreprés una nostàlgia que em feia sentir molt trista, perquè, ja feia un dia i escaig que no sabia res d'ell, i jo mateixa pensava que la cosa no tenia sentit, perquè, si havia viscut catorze anys perfectament sense ser amiga d'Albert, de què em venia això ara? Però era així. Desitjava que el telèfon sonàs i, si he de dir la veritat, em sembla que, si hagués tingut el seu número, potser li hauria telefonat. Però no el tenia, i em semblava que no era gens pertinent de demanar-lo a mon pare, que, de segur que s'espantaria, si li telefonava enmig de l'assaig. I a més, no tenia gens de ganes d'explicar-li que volia el telèfon d'Albert, que ja s'imaginava ell prou coses.

Tampoc no tenia ganes d'agafar la ullera de llarga vista, perquè eren tantes les coses que em bullien a dins, que no sabia de cert on aniria a parar, i si arribava de nou a l'illa de Pas, encara no veia clar què hi havia de buscar jo, allà o on fos. I després de la nostàlgia també vaig sentir ràbia. Ràbia de no haver pogut fer el viatge, d'estar allà tancada i entotsolada, d'haver dit al pare que no tenia ganes de veure ningú, quan m'havia tornat a oferir que vingués el seu amic Jem. Vaig plorar un poc, i aquesta vegada, tot i que ja em podia imaginar la mare i les ties dient «só les hormones», vaig continuar plorant, perquè tal vegada sí que eren també les hormones... I què, no s'hi valia, a plorar de tant en tant? A mi, em semblava que sí.

No hauria volgut de cap de les maneres, i això és fàcil de creure, que mon pare em trobàs així, però és el que va passar, que va arribar inesperadament. El director havia decidit de fer un descans perquè el pare aprengués de memòria més tros de l'obra mentre ell resolia qüestions d'escenografia. I tot seguit que em va veure, ja em va dir:

–Això no, perla. Massa dies tancada a casa. T'ha de tocar l'aire. Demanaré el cotxe a Jem i anirem a dinar a la platja.

–Pare –vaig dir, encara somicant.

–Dis, filla.

–Si vols, li pots dir que vinga.

–A Jem? N'estàs segura?

–No, però dis-li-ho igualment.

–Ja veuràs que t'agradarà.

–És actor?

–No, és metge.

–Metge?

–Que potser et penses que tots els homosexuals són actors com ton pare?

Ja hi tornàvem, amb la parauleta. No se la podia estalviar?

Però en una cosa tenia raó. Jem em va agradar. Va arribar de seguida que el pare li va telefonar, com si visqués molt a prop, i no em va besar ni res. Solament em va dir «encantat», i que ja tenia ganes de conéixer-me, que el pare li havia parlat molt i molt de mi. Entre tots dos em van col·locar en el seient de darrere del cotxe, amb la cama estirada i amb coixins a l'esquena.

–Fes-te a la idea que vas amb limusina –va dir Jem, i va riure.

Vam anar a la platja, i després d'instal·lar-me entre tots dos en la terrassa d'un restaurant, amb una cadira al davant perquè tingués la cama ben estirada i còmoda, el pare digué que per dinar menjaríem allò que jo volgués. I Jem va dir que i tant!, i que ell convidava.

Dinàrem a base d'arròs negre, que m'encanta, i parlàrem de llibres, de pel·lícules, de l'obra del pare, i d'anècdotes de Jem en les urgències de l'hospital, que n'hi havia de molt divertides i em feren riure, fins que vaig saber que Jem era company i amic del pare d'Albert. I aquesta informació fou com l'onada inesperada d'una mar de llamp que em deixà sense alé.

–Que et passa res, Alícia? La cara se t'ha trasmudat –va dir mon pare.

Però jo no podia respondre.

–És per Albert? –va dir Jem.

Per resposta vaig limitar-me a mirar-lo.

–No has de patir, Alícia –continuà dient-me Jem–. Conec Albert des que va nàixer, i ell a mi.

–Però tu...

–Jo he sabut sempre qui sóc, i com sóc. Vaig conéixer el pare d'Albert quan estudiàvem en la facultat, i sempre ha estat un gran amic, i sempre m'ha ajudat, quan ho he necessitat.

–Però llavors Albert..., ell sap que... Pare! Tu no m'havies dit...

I no vaig poder continuar parlant, sinó que vaig arrancar a plorar i tota jo era una mar de confusions, perquè no sabia gens què sentia, o potser sí, però eren tantes coses: por, tristesa, neguit, encara que també alleujament i alhora una foscor que em sorgia de dins, com si aquella llosa de què he parlat, aquella cosa soterrada, anàs fent força per eixir a la superfície.

Em deixaren plorar, tots dos, sense dir res.

Al cap d'una estona el pare em va agafar la mà, se me l'acostà als llavis i m'hi deixà un bes. I entre les llàgrimes, vaig veure com Jem li agafava la seua i feia igual.

12
XALOC

Vam acabar el dia junts. Vam fer un gelat, encara en el mateix lloc, i Jem va dir que, si jo volia, podia aconseguir-me una cadira de rodes de l'hospital, una d'especial que em permetria de tenir la cama estirada i així poder fer una volta de tant en tant. Em va semblar una bona idea. Després, tornàrem a casa i Jem féu el sopar mentre el pare estudiava i jo llegia una estona. Més tard, mentre el pare continuava estudiant, Jem i jo vam mirar una pel·lícula: *L'estranya parella*. Antiga, evidentment, en blanc i negre, perquè en gustos de pel·lícules, sembla que Jem era com mon pare, però molt divertida, ho he de reconèixer. L'estranya parella són dos amics. Però no cal pensar allò que no és. L'un, Fèlix, és abandonat per la dona i el seu amic Òscar li ofereix de viure a sa casa. Fèlix és un obsés de l'ordre i la neteja, i Òscar és un home típic dels d'abans, un periodista esportiu dels que no saben ni fer-se un ou deixat caure i no pensa sinó a lligar amb les xiques. En fi, que vaig riure moltíssim. Després d'això, el pare va eixir d'allà on s'havia amagat i va dir a Jem tot donant-li el paper:

–Me'l vols passar?

I tot i que se'm féu un nus molt gros a la gola, no vaig plorar. Però vaig entendre, amb una intensitat aclaparadora, com si una onada gegantina m'hagués caigut damunt i m'hagués cobert sencera, què significava Jem per a mon pare.

Després ja vaig plorar, però no per això, sinó perquè el monòleg que el pare anava interpretant per a tots dos –tot i que Jem havia d'estar atent al paper–, era molt emocionant. Ja he avançat que era la història d'un home que va nàixer en un vaixell. Bé, hi va nàixer i l'hi van abandonar uns emigrants que volien fer l'Amèrica. Com que no haurien pogut passar per la duana amb una criatura, la deixaren allà, dins una caixa, sobre el piano, potser amb l'esperança que la trobàs algun ricatxot i se l'afillàs. Però la trobà un mariner, un negre de Filadèlfia, un tros d'home que era una meravella, i que la va batejar amb el seu propi nom, Danny Boodmann. Després hi va afegir el de la capsa on l'havia trobada, T. D. Lemon, perquè s'imaginava que unes inicials amb un punt enmig donaven molta categoria a un nom. A Amèrica, tots els advocats n'hi portaven, d'inicials al nom. Després, buscant un gran final, va afegir-hi el segle que llavors començava, Novecento. I allà s'havia quedat, en el vaixell, un vaixell gran, un transatlàntic, el *Virginian*, i allà havia crescut i s'havia convertit, ningú no sabia com, en el millor pianista que hagués tocat mai sobre l'oceà.

Amb vint-i-set anys no havia baixat mai en terra, però un dia..., un dia és a punt de fer-ho, d'anar al món. Fa la maleta i es posa un capell, i quan ja passava el tercer esglaó de la passarel·la que l'havia de baixar en terra, s'atura i, després d'estar una estona així, contemplant el món des d'aquell esglaó, se'n torna al vaixell per no baixar-ne mai més.

I fou en aquell tros, mentre el pare el recitava, que se'm féu un botó molt gros, perquè en aquelles paraules que el pare declamava, en aquella manera seua d'explicar com Danny Boodmann T. D. Lemon Novecento mirava el món des d'aquell tercer esglaó sense gosar baixar, hi havia tant de sentiment, tanta comprensió, que vaig saber que també ell, Adrià Osca Bonarrés, mon pare, havia estat més d'una volta en aquell esglaó, mirant el món, sense gosar baixar, sense ser capaç d'explicar-nos qui era, i que només aquell Nadal que jo mai no oblidaré, s'havia tirat des de la borda, de colp, amb la copa de xampany en la mà, potser un poc begut i tot.

Va ser un plor silenciós, el meu, un plor de comprensió, no sé si em faig entendre. Res a veure amb les hormones. I ho sé perquè ara que tinc més anys, ara que escric aquests records de quan en tenia catorze, si torne a llegir com Danny Boodmann T. D. Lemon Novecento es queda allà plantat, un peu en el segon esglaó i l'altre en el tercer, mirant el món, atordit i esmaperdut, el barret caient-li com un ocell cansat, fins que finalment gira cua i torna al vaixell per no baixar-ne mai més, si les torne a llegir, encara torne a plorar. Perquè no foren les hormones. Fou la visió de mon pare, tornant enrere, al vaixell de la seua família, que em féu caure les llàgrimes, redones i petites, polides com pedretes d'aquelles que es troben vora mar.

Crec que fou després d'aquella escena que va telefonar ma mare, però la comunicació era molt dolenta i no ens poguérem dir res a penes. Tot just vàrem cridar, tant ella com jo, que estàvem bé i que ens estimàvem. I gràcies, perquè en aquells moments, jo no em veia capaç d'explicar-li res. Ben res.

Després me'n vaig anar a dormir, i vaig caure com una soca, perquè estava cansada, molt cansada de tantes emocions, i perquè no volia saber, tampoc, si a casa seríem dos o tres, a dormir, aquella nit.

L'endemà vaig trobar una safata preparada amb l'esmorzar, i dues notes. La del pare era curta i deia:

Gràcies, Alícia.

La de Jem era un poc més llarga:

No és possible d'estimar ton pare
sense estimar-te a tu.
Gràcies d'haver-me donat l'oportunitat
de conéixer-te.
Espere que en tindrem moltes més.

Vaig menjar-me la fruita, vaig beure'm la llet i vaig tornar-me'n al llit, cap al silenci, cap a la goleta *La Hispaniola*, cap al món aspre i masculí de mariners i bucaners de *L'illa del Tresor*, amb Jim, amb el doctor Livesey, amb l'hisendat Trelawney, amb John Silver el Llarg i tota la seua gentola, disposada a estirar el cabrestant, a fer l'estiba, a cremar-me les mans amb l'eixàrcia, a la recerca de la tramuntana, el vent fort i fred que ve del nord, de dellà les muntanyes, o del mestral, el vent sec i violent temut pels mariners, un vent que sembla dominar-ho tot amb la seua presència, i que els romans anomenaven *magistrale*, que vol dir 'mestre, principal', i d'ací ve mestral. Volia un vent del món, fort i fred. Ben rude. Em calia, i que ningú no em demane per què.

I allà em trobava, enmig de tota aquella gent, arribada a l'illa, amb el relat de Jim i del doctor quan el telèfon em va sobresaltar.

–Sí, diga!

–Hola, Alícia!

–Albert!

–Ei, m'has conegut!

–Home, i tant!

–Com va tot?

–Mira, bé, ací llegint.

–Vaig telefonar ahir, però ningú no m'agafà el telèfon. Que ja ixes?

–Eh, sí, ahir vaig eixir amb mon pare i un amic seu.

–Amb Jem?

–Sí, amb mon pare i amb Jem.

–És fantàstic, Jem. Hi pots parlar de tot, amb ell. A vegades el preferisc a mon pare, diria jo.

–Ah, sí?

–Sí, perquè..., bé, supose que, com que no és mon pare, no s'agafa les coses de la mateixa manera.

–Ah.

–Escolta, Alícia, que et telefonava per demanar-te si podria passar per dir-te adéu a la vesprada.

–Que te'n vas?

–Sí. No ho tenia previst, però ahir fou el meu aniversari i els pares m'han regalat un viatge sorpresa. Una setmana a l'illa de Menorca a fer un curs de submarinisme.

–Era el teu aniversari?

–Doncs sí, ja en tinc quinze.

–No ho sabia.

–Tampoc no t'ho havia dit.

–No... Però per molts anys, amb retard.

–Gràcies. I què, puc venir?

–Sí, i tant. No tinc res previst, jo.

–Llavors passaré cap a les quatre, d'acord?

–D'acord.

Quan vaig penjar el telèfon, no sabia a quina emoció donar-me. Hi havia l'alegria que m'hauria fet cridar i saltar, si hagués pogut. Hi havia la tristesa de saber que ell se n'anava. També em feia una certa temor de trobar-me'l tenint al cap que ell sabia el motiu de la separació dels meus pares. Hi havia la tendresa, perquè m'havia telefonat el dia abans i m'ho deia sense embuts. Hi havia també el desencant de no haver sabut que feia anys, que li hauria pogut regalar alguna cosa. O, potser encara hi era a temps?

Vaig telefonar a mon pare.

–Digues, Alícia, et trobes bé?

–Sí, pare, perdona que et moleste, solament volia demanar-te el telèfon de Jem.

–El telèfon de Jem?

–Sí, és que voldria demanar-li un favor.

Com que Jem feia vacances, va oferir-se a venir tot seguit. A més a més, ja havia aconseguit, aquell mateix matí, la cadira de rodes amb l'extensió per a la cama. Li vaig demanar consell sobre algun regal per a Albert, però ell, per tota resposta, em digué que els regals eren una cosa molt personal, i que segurament jo mateixa trobaria el més adequat. Jo no tenia gaires diners, de manera que se m'acudí de regalar-li un llibre sobre peixos de la Mediterrània, amb fotos i tot això, perquè els pogués posar nom quan els veiés en les seues immersions. I vam anar a una llibreria que tenia molts llibres d'ocasió, i en vaig trobar un que em va semblar que faria el fet. Llavors, també se m'acudí que potser li faria goig de llegir la novel·la en què es basava la pel·lícula *Blade Runner*, que tant li havia agradat. Vaig demanar a Jem que m'ajudàs a buscar-la, perquè jo no en sabia el títol ni l'autor. I no l'hauria trobada mai, perquè el títol no hi tenia res a veure, que feia *Els androides somien xais elèctrics?* I la veritat és que li'l regalava perquè es recordàs de mi mentre el llegís.

Vaig fer-hi moltes voltes, amb les dedicatòries, com és fàcil d'imaginar. Vaig ratllar molts papers i al final vaig deixar-ho d'aquesta manera:

Per a Albert, amb el desig
que contemples tot de meravelles
i me les expliques després.

Aquesta en el llibre dels peixos. En el de Philip K. Dick, el dels androides, únicament hi vaig escriure:

Espere que t'agrade tant
com la pel·lícula.

Albert va arribar prompte. Abans de les quatre ja trucava a la porta. La vesprada fou magnífica, màgica.

El regal li va agradar, i quan llegia les dedicatòries, em sembla que no sabia molt bé quina cara fer, ni jo tampoc. I tot i que no sabria explicar tota la nostra conversa, puc dir que fou fàcil, i que vaig tenir la meravellosa sensació que ell era una persona amb qui em podia entendre amb molta facilitat, i que parlar amb ell era com deixar-me anar per un riu, que el corrent ens transportava, tot sol, sense entrebancs. Vam escoltar música, també vam veure una pel·lícula, i vaig tornar a mirar-lo, del llit estant. I vaig trobar que era guapo, molt guapo, amb els seus cabells negres i llargs, el nas recte, els ulls del color de les ametlles.

Tot just entrava mon pare per la porta, que ja ens acomiadàvem. I aquesta vegada, el pare no volgué saber res de metros. El va portar a casa i va tornar, i jo continuava extasiada.

–Vols dutxar-te, perla?

–Sí, pare.

–Estàs bé?

–Sí, molt.

–Ah, me n'alegre, me n'alegre molt.

La dutxa fou més fàcil, perquè mon pare i jo començàvem a tenir-hi pràctica. Després, sopàrem a la fresca, al balconet del saló, amb dues cadires de braços i una per a la meua cama. Ens menjàrem un entrepà cadascun i una amanida que el pare va deixar en un tamboret entre tots dos. Va contar-me el seu dia, que li havia anat bé, però que estava cansat, molt cansat. Jo vaig explicar-li que Jem m'havia acompanyat a comprar uns llibres per a Albert, i que havia estat molt amable. De la vesprada, no li'n vaig dir res, i ell tampoc no demanà res. Després jugàrem a cartes una estona, fins que li sonà el telèfon mòbil i se n'anà a dins, per poder parlar amb intimitat. Vaig imaginar que devia ser Jem. Mentre parlava vaig contemplar la nit. No era tan bonica com la que m'havia fascinat a l'illa de Pas. El món no era a les fosques i no s'hi veien quasi estreles, però les poques que s'hi veien lluïen magnífiques.

Després, vaig gitar-me. Ja quasi m'adormia, quan vingué el pare a dir-me bona nit.

I quan els ulls ja tornaven a aclucar-se'm, va venir-me al cap un darrer pensament: que aquell dia no havia estat un dia de tramuntana ni de mestral, com jo havia desitjat, sinó un dia càlid, tendre, un dia de vent suau, del vent del sud-est a què havia donat nom una paraula d'origen àrab, un dia de xaloc.

13
PENSAMENTS

Divendres ja no en bufava ni gota, del xaloc del dia d'abans. Ni vent suau ni res. Únicament tristesa i solitud. Se m'acudí d'agafar la ullera de llarga vista i mirar-hi, però em va semblar que no estava en la millor disposició d'ànim per a anar de viatge enlloc. Després d'esmorzar vaig furgar en la meua motxilla i en vaig traure el meu *quadern de pensaments*, que és el nom que li he posat perquè no m'agrada gens això de *diari*. Primera, perquè mai no he escrit diàriament, sinó quan en tinc ganes, o molta necessitat. Segona, perquè *diari* em sembla un nom, no sé com dir-ho, un poc cursi. També l'anomene així perquè són moltes les voltes que l'use efectivament per a això, per a expressar-hi els meus pensaments i de passada ordenar-los, i aquell divendres, ho necessitava molt.

Hi havia tot allò d'Albert, que, a dir bona veritat, no era tant matèria de pensaments com de sentiments. M'agradava, m'encantava, potser n'estava un poc enamorada i tot, i ell em feia cas i... la veritat, si m'haguessen dit una setmana abans que em passaria això, no m'ho hauria cregut gens. O siga que, raonablement, hauria d'estar molt contenta per tot plegat, però se n'havia anat per una setmana, i en aquell moment, una setmana em pareixia una veritable eternitat. No ho sé, podia canviar d'opinió sobre mi, en una setmana, o conéixer una magnífica submarinista en aquella illa. Tantes coses podien passar!

Després hi havia tot allò altre de mon pare i de Jem. Sobre l'homosexualitat, jo, si he de ser sincera, hi havia reflexionat poc. No podia. Em resultava una qüestió molt delicada. Un voraviu amb tots els ets i uts, perquè tot era veure la paraula escrita en una revista, en un reportatge, o sentir-la en la televisió enmig d'alguna notícia, o en un comentari casual i jas! No diré que fos com una ferida, que seria una paraula massa grossa, però sí com si m'arrancassen un padastre. Tenia dificultats per a pronunciar-la, per a dir-la en veu alta, i quant a actituds, no suportava, evidentment, cap comentari groller, ni cap broma, ni cap acudit que s'hi referís; de fet, quan sentia comentaris o burles d'aquesta classe, ja fos a classe, o al carrer casualment, o en qualsevol altra situació, mai no em significava, però sí que odiava la persona que els feia molt intensament, des de molt endins, des de les entranyes, com passava a ma mare amb els secrets. Però dir, no deia res. Per por. I aquesta por també em feia sentir vergonya de mi mateixa, perquè jo, el pare, ja ho he dit, l'adorava, fos homosexual o comsevulga. L'adorava. Però una altra cosa era dir-ho en veu alta, sentir-me'n orgullosa, com qui se sent orgullós de ser com és, alt o baixet, prim o gros. Sempre havia presumit que fos actor. N'estava molt orgullosa, d'això. I no perquè fos famós ni res, que no ho era, tot i que, quan feia algun paper per a alguna sèrie de televisió, molta gent l'aturava pel carrer per demanar-li un autògraf o fer-se una fotografia amb ell. Però no era per això. Allò que em feia sentir més orgullosa d'ell era la passió que sentia per la seua professió, perquè la gent de teatre, encara que no ho parega, tenen un vida molt difícil. I és que no saben mai si tindran feina, si els avisaran per oferir-los un paper, si els donaran finalment aquell paper pel qual s'han sotmés a una prova. És com passar la vida fent exàmens. I cal tenir passió per a passar la vida examinant-se. Ara, després, quan han passat l'examen i els donen el paper, sí que és magnífic, però la feina els xucla i els transforma, i damunt els toca de treballar quan tothom descansa, caps de setmana i totes les festes. Fins i tot la nit de Cap d'Any. I aquesta era una de les raons per les quals en ma casa, com ja he dit, el gran moment de reunió familiar era el dinar del segon dia de Nadal.

Però, si he de ser justa, i vull ser-ho, no es pot oblidar de cap de les maneres que, si mon pare havia pogut seguir la seua vocació, la seua passió, i alhora tenir una família, havia estat gràcies a ma mare, que sempre li havia fet costat, i tantes voltes, quan el pare no tenia feina, s'havia carregat tota l'economia de la casa. Vull dir que, en molts moments durs, amb el pare sense feina, els diners per a tots, els havia aportat ella. Sense ni una queixa. Cap queixa en veu alta, cap queixa embolicada amb nuvolets d'entonació que volien dir una altra cosa.

Però, així com estava tan orgullosa de la seua professió, la seua homosexualitat m'omplia de contradiccions, i durant tres anys, des que vaig saber-ho, sincerament, no havia abordat la situació amb totes les conseqüències. Passava amb ell els caps de setmana que podia i no tenia funcions, que en això ma mare també era generosa i s'avenia a les dificultats del calendari d'ell. També venia molts i molts dies a veure'ns, esperava el meu germà Andreu a l'eixida de l'escola, quedava amb mi per a berenar o per a dinar, si no tenia classe a la vesprada. Però en tot aquell temps, durant tots aquells tres anys, mai no hi havia hagut cap conversa sobre la seua vida personal, cap rastre, en sa casa, d'una vida compartida. Mai cap pregunta de la meua part i, que jo sabés, tampoc de part d'Andreu. En realitat, si bé hi pensava, era com si encara fos un gran secret.

Ara, en canvi, ara que jo estava amb ell, ara que ell havia volgut que conegués Jem, que jo havia entrevist com Jem li deixava un bes en la mà, ara que havia estat testimoni de com mon pare li donava el paper perquè li'l passàs, ara que jo coneixia l'existència de la ullera de llarga vista, amb una inscripció que hauria volgut esquivar, però que, gravada en el llautó, deia:

A Adrià.
Pel nostre tresor, per la nostra illa. J.

ara m'havia arribat, finalment, l'hora d'encarar-me a tot allò. I no sabia gaire bé com, la veritat. Perquè, d'alguna manera, a més de la meua por, que ja he explicat, hi havia tota la pena i la tristesa de ma mare, que també m'havia impedit, tot aquell temps, de sentir-me el cor net en aquella qüestió.

De manera que vaig escriure tot això, i potser alguna cosa més. I em sembla que no vaig arribar a cap conclusió, però em sentia una mica més lleugera, això sí.

Després d'haver-ho escrit, no sé si bufava cap vent, però ja vaig ser capaç d'agafar el llibre que llegia i d'acabar-lo.

Per a sorpresa meua, el pare va arribar a migdia, que el director havia decidit, vist que la cosa anava bé, que descansarien el cap de setmana, i el pare estava més que content.

–Què vols que fem, Alícia?

–Pare, no puc fer res.

–Dona, jo crec que alguna cosa podem fer. I més ara que tenim la cadira de rodes.

–No sé, tens cap idea, tu?

–Moltes.

–Doncs, vés dient-les.

–Comencem. Vols que anem sols o acompanyats?

–No ho sé, depén.

–Mira, Jem té una caseta molt a prop de la mar. Li puc demanar que ens la deixe, o li puc dir que vinga amb nosaltres.

Vaig restar callada. Perquè no ho sabia. No sabia què volia. D'una banda, volia estar sola amb el pare. D'una altra, sentia que necessitava comprendre'l.

–Hi anirem tots dos sols –va dir ell.

I jo vaig limitar-me a assentir-hi.

Per sort, ma mare i tota la família varen telefonar mentre dinàvem, i ens varen anunciar que passarien el cap de setmana en alta mar, perquè els caps de setmana les illes eren plenes de gent, i perquè, a més, l'estat de la mar es preveia de bonança. De manera que no calgué explicar-los que ens n'anàvem.

Jem vingué a portar-nos les claus i de passada va ajudar-nos en els preparatius, amb la cadira de rodes i tota la pesca. Va ser molt i molt amable, i vaig tenir ganes de dir-li que vingués amb nosaltres, però no ho vaig fer.

En un parell d'hores ja hi fórem. La casa, perquè era una casa i no una caseta, era molt bonica. Sobretot perquè tenia un riurau des del qual s'albirava la mar, i amb això jo ja en tenia prou. Vam passar la vesprada allà, tranquils, raonant un poc d'això i d'allò, de coses sense importància. I jo em sentia a plaer, i crec que mon pare també.

Dissabte férem moltes coses. Anàrem al mercat a comprar peix, i verdura, i fruita. Després buscàrem el diari, i el quiosc on el trobàrem era ple de coses diverses, de records per als turistes i d'atifells per a la platja, de flotadors, de xancles, de pilotes. També hi havia capells, i el pare me'n comprà un d'ala molt ampla, perquè té la mania que jo tinc el coll molt bonic, com el d'Audrey Hepburn, una actriu de cinema que, al pare, li encanta, i me'l féu emprovar i em digué que m'esqueia a meravella. Dinàrem a base de peix, i verdura, i fruita, i després ens gitàrem una estona i, més tard, jugàrem una partida de Monopoly que va durar tres hores, el temps que vaig necessitar per a arruïnar mon pare. Mentrestant, sentíem la mar, a prop, i véiem el blau entre els pins. I tot això em féu estar molt més tranquil·la i més serena, i ja em vaig notar capaç de parlar, de saber què volia, i per això vaig dir a mon pare que, si volia, podia telefonar a Jem perquè vingués. I Jem vingué, carregat de bon humor i de pastissos. També portava el DVD i dues pel·lícules que no eren antigues, sinó actuals i de colors. I això ho féu per mi. I m'agradà.

14
CONFESSIONS

El diumenge fou un dia tranquil. Jem va amanir un esmorzar complet, dels que agraden al pare, amb una plàtera curulla de fruita pelada i preparada, separada per colors i fent una composició quasi pictòrica. També hi havia pa torrat, i mantega, i tomata, i oli i sal. El pare es veia feliç, i Jem també, i encara que davant meu no prodigaren cap mostra *amorosa*, diguem-ho així, hi surava l'amor, en aquella taula, una tendresa, un no sé què. Això era bonic, m'agradava. Però, alhora, també em feia sentir estranya. Provava de recordar si jo havia notat res d'allò quan els pares estaven junts i no ho hauria sabut dir. Els pares, fins que no va passar tot allò que els va separar, no havien discutit mai. Vull dir grans discussions, discussions d'aquelles que pugues notar que hi ha despit. Però tampoc no ho hauria sabut dir si jo havia notat entre ells allò tan especial que notava aquell diumenge al matí.

Després d'esmorzar Jem va dir que aniríem tots tres a la platja, que era molt important per als ossos que em tocàs l'aire de la mar, i encara que jo vaig protestar un poc, va ser poc. Em col·locaren en la cadira de rodes i cap allà ens n'anàrem. Jem sabia un camí per a poder arribar quasi arran de mar amb la cadira. El darrer tros ja no el podíem fer, que hi havia unes escales que baixaven fins a mar, a una platja de pedres, no de sorra, però just abans d'aquelles escales, a l'esquerra, hi havia un bar, amb parasols i cadires, i amb una visió perfecta de la mar. Quan m'hi hagueren instal·lat vaig insistir perquè anassen a banyar-se, i ho feren. Jo m'havia emportat la bossa amb el quadern. M'hauria agradat molt saber pintar, saber dibuixar, poder deixar constància d'allò que veia, del blau de la mar, de les ones blanques, del cel, d'aquella visió esplèndida. Però sóc negada per al dibuix, i tampoc no vaig tenir esme d'escriure res. Vaig enyorar molt tothom: la família, que solcava aquelles aigües; Albert, que s'hi submergia... Però era un enyor amb un cert caliu, perquè em feia l'efecte que, d'alguna manera, també tots m'enyoraven, a mi.

Al cap d'una estona tornaren tots dos, mon pare i Jem, mullats, contents, salats. Férem un aperitiu i després tornàrem a casa. Llavors, el pare es posà a estudiar i Jem em demanà que l'ajudàs a preparar el dinar. Em donà la ceba perquè la tallàs, i quan li vaig dir que detestava la cosa de tallar ceba perquè em feia plorar molt, em va respondre que, a ell, li passava igual, que si de cas, ho compartiríem i ploraríem junts. I això vam fer. Vam plorar plegats mentre la tallàvem, i de veure'ns plorar, també ens agafaren ganes de riure, i em sembla que, si ningú ens hagués pogut veure, ho hauria trobat molt graciós. Després, mentre Jem feia tots els preparatius per a uns espaguetis amb marisc, em va explicar coses de la seua vida, de com ja havia volgut estudiar medicina des de molt menut, perquè son pare s'havia mort d'un atac de cor quan ell tenia onze anys, i això l'havia decidit a estudiar per ser metge del cor i fer tots els possibles perquè cap més xiquet es quedàs orfe, com ell. M'explicà que havia passat uns anys molt difícils, de primer per la mort de son pare, i després perquè molt aviat, quan tenia tretze anys o catorze, ja havia notat que ell era diferent, que no li agradaven les xiques, sinó els xics, i que no sabia amb qui parlar-ne, d'això, ni a qui explicar-ho, i que no fou fins que començà a estudiar medicina en la facultat, que es va atrevir a confessar-ho a un amic, precisament al pare d'Albert, amb qui compartia pis quan eren estudiants. I que després d'això tot havia resultat més fàcil, perquè els secrets, els grossos, em va dir, quan es comparteixen es tornen més lleugers.

–Però estaves enamorat d'ell? –vaig gosar demanar-li.

–De qui? Del pare d'Albert?

–Sí.

–No, no. Em sembla que, si m'hagués enamorat d'ell, no li hauria explicat res d'això. Vull dir, que, primer de tot, necessitava parlar-ne amb algú. Parlar de mi, de les coses que sentia en general, no de les que podia fer-me sentir una persona concreta.

–I què et va dir ta mare?

–Que ja ho sabia.

–Com?

–Sí, això mateix. Em va dir: ja ho sabia, fill. Abans que tu i tot. Però esperava que ho descobrires tot sol.

–I no es va enfadar, ni res?

–No. Per què havia de fer-ho?

–No ho sé. El meu iaio es van enfadar molt. Va cridar al pare que ja no era fill seu. I encara continua enfadat.

–Bé, el cas de ton pare és diferent.

–Per què?

–Ja tenia una família, ningú no s'ho esperava...

–No, ningú no s'ho esperava.

–Va patir molt, ton pare, per a prendre eixa decisió.

–Ja ho sé.

–T'ho ha contat?

–No. Però l'altre dia, quan recitava el paper de Novecento...

–...Sí?

–En aquella escena que Novecento comença a baixar les escales del vaixell per anar a terra ferma i finalment no gosa i se'n torna... Saps quina vull dir?

–Sí.

–...Em va semblar que el pare hi havia estat moltes voltes, en aquelles escales.

Hi hagué un silenci, breu.

–Li ho has contat, això, a ton pare, Alícia? –em va demanar Jem.

–No, no.

–Doncs, a mi, em sembla que li agradaria molt, saber-ho.

–Per què?

–Perquè deu ser encoratjador saber que tens una filla tan intel·ligent i tan sensible com tu.

–Dinem o què? –va dir el pare tot entrant en la cuina.

I potser notà alguna cosa –que jo m'havia tornat vermella, que Jem s'havia emocionat–, però no va dir res.

Després de dinar, vam voler mirar una de les pel·lícules que Jem havia portat, però ens vam adormir, tots tres, mentre la miràvem.

Quan tornàvem amb el cotxe, em vaig adonar, sorpresa, que ja feia més d'una setmana que estava amb mon pare.

Tornàvem en silenci, un silenci d'aquells tan bonics entre el pare i jo. Sonava música de jazz, al cotxe, un concert d'un pianista que mon pare admira, Bill Evans. Un que ja era mort. I mentre escoltava aquell concert del pianista, acompanyat d'un contrabaix i un bateria, em vaig sentir absolutament amerada de pau. Perquè era així que em feia sentir aquella música. Com si algú hagués omplert un poal de serenitat i me l'hagués deixat caure damunt. Encara vivíem tots junts quan mon pare va explicar-me, per primera volta, per què em sentia així. Havia posat la música i m'observava somrient, com si esperàs alguna cosa.

–Per què em mires així? –li vaig demanar.

–Perquè fas la mateixa cara.

–Quina cara?

–La cara que feies quan eres una criatura de bolquers. Quan et veia inquieta, et posava aquesta música –em va explicar.

–I m'agradava? –vaig fer.

–T'agrada, ara?

–Hum... Em fa sentir en pau.

Ja feia uns quants anys, d'això. Encara vivíem tots junts, quan el pare m'ho havia explicat. Des d'aleshores, cada vegada que el pare posava aquella música, jo em sentia d'aquella manera, en pau. Però hi havia més, hi havia la sensació que ell la posava perquè jo em sentís d'aquella manera. I en la meua imaginació, també hi havia una altra cosa, la possibilitat que, cada volta que el pare sentís aquella música tot sol o amb unes altres persones, es recordàs de mi. I això també era molt bonic.

–Pare? –vaig demanar-li mentre tornàvem en el cotxe.

–Sí? –va respondre sense apartar els ulls de la carretera.

–Creus que era així, com tocava Novecento?

–Danny Bodman T. D. Lemon Novecento? Sí. Devia tocar així, o millor.

–Pare...

–Sí?

–Tu tenies raó, saps?

–En què?

–En això de Jem.

–En què, de Jem?

–Que m'agrada.

Un instant, el pare apartà els ulls de la carretera per mirar-me.

15
EL RIU

Dilluns al matí va despertar-me el telèfon.

–Hola, princesa.

–Hola, mare.

–Com estàs, bonica? Com va la cama?

–La cama va bé.

–Que t'he despertat? Fas una veu adormida.

–Sí.

–Ai, perdona'm, però tenia tantes ganes de parlar amb tu! Com has passat el cap de setmana?

–Bé, mare, però conta'm coses tu, conta'm el viatge.

–És preciós, això. Ara som a l'illa de Paros i passarem el dia en terra després d'haver passat tot el cap de setmana en mar. Anem torrats del sol, i és estrany, saps? Tocar terra ferma i caminar sense que tot trontolle al teu voltant.

–Sembles contenta, mare, i m'agrada sentir-te així.

–Sí, la veritat és que em sembla que necessitava aquest viatge. És com si poguera començar a mirar-me les coses d'una altra manera.

–Això és bo, no?

–Sí, crec que sí. Però, i tu? Què fas?

–Llig, sobretot, i mire pel·lícules, i també he tingut visites.

–Sí? Qui et visita? Conta'm.

–M'ha visitat Albert, Albert Morelló, el meu company de classe.

–Aquell xic tan guapo?

–Mare!

–Què? És guapo, no?

–Sí, és guapo. Però també és molt simpàtic.

–Ja m'ho semblava. I amb ton pare, què fas?

–Juguem a Monopoly, mirem pel·lícules, raonem...

–Me'l pots passar? Voldria parlar-hi.

–Doncs, ara no el sent per ací... Deu haver eixit a comprar –vaig dir amb l'esperança que no es notàs que mentia.

–Bé, doncs, potser demà, si puc telefonar.

–Què fan tots, mare?

–Fan de tot. Però sobretot, i més que res, banyar-se, banyar-se i banyar-se.

–Quina sort!

–Però et troben a faltar, bonica.

–Sí...

–Alícia.

–Què?

–Hi tornarem.

–Com?

–Que hi tornarem amb tu. Repetirem el viatge. Tots hi estem d'acord. Estalviarem per poder-hi tornar. D'acord?

–D'acord, mare.

–Un bes molt fort, bonica. Fins demà.

–Fins demà, mare.

Vaig penjar el telèfon un poc melangiosa. Vaig alçar-me i em vaig rentar la cara i després vaig esmorzar. Feia calor. Vaig anar al sofà i vaig estirar-m'hi. A la tauleta hi havia l'obra d'Alessandro Baricco. No el paper del pare, ratllat i ple d'anotacions, sinó el llibre, *Novecento*. Vaig posar-me a llegir-lo. Encara no eren les onze del matí i ja l'havia acabat, després de plorar unes quantes voltes. Que bonic! És clar que jo no podia llegir allò sense pensar en mon pare. Me'n vaig tornar al llit i vaig traure el meu quadern. Vaig restar molt de temps mirant el full en blanc. Havia pensat a començar a escriure una obra de teatre, un monòleg, per tal que mon pare el representàs algun dia. Però no sabia com començar. Finalment, vaig tancar el quadern i vaig agafar un llibre, *Robinson Crusoe*.

Quan feia una estona que el llegia vaig alçar-me per buscar un atles, perquè sóc molt dolenta en geografia. M'encanta mirar mapes, però així que deixe de mirar-los no recorde res. Per això vaig estudiar molt atentament tot l'itinerari de Robinson per mirar d'endevinar on se situava aquella illa perduda. Quan vaig adonar-me'n, ja era l'hora de dinar. Com que el pare no havia tingut temps de cuinar res, m'havia deixat una pizza que només calia ficar en el forn. Me la vaig menjar en un tres i no res, quasi sencera, i vaig prosseguir la lectura.

No és que hagués oblidat la ullera de llarga vista. No. Ni un sol moment. Però, després de la darrera incursió, després d'aquelles primeres paraules de la Rellotgera, que no estava preparada, i de les paraules del senyor Jim a l'illa de Pas, pensava que havia de sentir-me molt segura de què feia. I encara no m'hi sentia. Potser també se m'encomanaven totes les prevencions de Robinson Crusoe, que no parava d'explicar que, si hagués fet cas de tots els consells paterns, no s'hauria vist en aquell mal pas d'haver naufragat i de trobar-se tot sol en una illa, tants anys. Però és clar, si hagués estat tan obedient, mai no hauríem llegit aquesta aventura. Això era una constant que tenia observada en moltes històries, i també en molts contes clàssics, dels de tota la vida. L'aventura s'esdevenia perquè algú trencava les normes, o les passava per alt. Però, alhora, sempre t'exhortaven a no fer-ho. Un poc d'embolic. Siga com siga, m'interessava molt tota la part en què Robinson Crusoe naufragava i, ja a l'illa, tot sol, aprenia a fer-se totes les coses que necessitava per a poder sobreviure. Ho llegia molt atentament per si, la pròxima vegada que agafàs la ullera de llarga vista, em trobava jo també en un mal pas i necessitada. Perquè jo havia de tornar a mirar-hi, això era clar com l'aigua. Ara, quan? Això, ja no ho veia tan clar.

Cap a les sis de la vesprada va telefonar el pare

–Com estàs, bonica?

–Bé.

–Escolta, acabaré tard. M'ha telefonat Jem per demanar-me si voldries que passara per casa i mireu alguna pel·lícula plegats. Què et sembla?

–Bé.

–D'acord. Ens veurem a l'hora de sopar, va bé?

–Va bé, pare. Ah, la mare ha telefonat, i ha demanat per tu.

–Ha demanat per mi! –exclamà el pare.

–Sí, a mi també m'ha semblat estrany. Li he dit que havies eixit a comprar, però segurament que tornarà a telefonar demà.

Jem vingué tot seguit, amb una pel·lícula antiga, però de colors, que es titulava *El riu*, d'un director francés, fill d'un pintor impressionista famós, un tal Renoir, que jo havia estudiat en Història de l'Art. He de dir que la pel·lícula em va agradar molt. Per moltes coses. La història, la contava una xica d'uns tretze anys, i encara que en principi anunciava que explicaria la història del seu primer amor, no era una cosa cursi. Gens ni mica, perquè de qui s'enamoraven ella, les germanes i també la veïna de la casa del costat, era d'un home molt més gran que no elles, un americà ferit de guerra i que anava amb una cama postissa. Tot passava a l'Índia, que era on vivia aquesta xica. Ella s'amagava moltes vegades per escriure en un quadern, per escriure els seus pensaments, els seus sentiments. També explicava els costums de l'Índia, les festes i moltes coses curioses i diferents de la nostra cultura. Però ho explicava tan bé, que feia venir ganes d'anar a veure-ho. I sempre, en tota la història, hi havia el riu, un riu que ho era tot per als habitants, i també per a ella, i per a la vida. No ho sé, em vaig sentir un poc reflectida en el personatge, perquè jo també tenia un quadern, encara que a vegades, com aquell matí, només miràs les pàgines en blanc, sense esme d'escriure res, i també em passaven coses poc habituals, com tot això de mon pare, i tenia una cama enguixada, que no era postissa, però també m'havia fet sentir molta simpatia pel personatge de l'americà, i en la pel·lícula s'explicaven coses importants de la vida, de l'amor, però també dels maldecaps de les persones grans, i hi havia una altra xica, una veïna un poc més gran que la protagonista, que era filla d'un europeu i d'una índia, i que era mesclada de les dues cultures. I això, em feia també pensar en mi, i en mon pare, i en Jem, i en les coses difícils de la vida. La pel·lícula acabava amb un poema que ella escrivia sobre el riu.

Després de la pel·lícula, Jem es posà a fer el sopar, i a mi se m'havien encomanat les ganes d'escriure, de manera que, talment com ella havia escrit un poema sobre el riu, jo en volia escriure un sobre la mar, perquè la mar, tot i no tenir-la a prop, omplia el meu estiu, amb el viatge de la família, amb el viatge d'Albert, amb els llibres que llegia. I aquesta volta no em vaig trobar en blanc, sinó que vaig aconseguir de lligar uns versos que feien així:

Mar anhelada, mar blava,
mar picada, mar rissada.
Tot ho amagues allà endins:
les bonances, els naufragis,
els taurons, els sortilegis.

Mar desitjada, mar blava,
mar podrida, mar ruada.
Tot ho amagues allà endins:
els pirates, les balenes,
el dolor, també les penes.

Mar anhelada, mar blava,
mar de costat o de popa.
Tot ho amagues allà endins:
els herois, la gent humil,
dins àmfores genis vius.

Mar somiada, mar blava,
mar d'Odisseu i els Ciclops.
Tot el que vull tu ho amagues:
la salabror, l'aventura,
l'amistat, la màgia pura.

16
L'ILLA DE L'ESQUELET

En despertar-me l'endemà, ja vaig saber que faria un viatge. No puc explicar què havia somniat, però el somni havia estat com un impuls, com quan ets devora una piscina pensant si t'hi capbussaràs i algú per darrere t'acaba les cabòries en un moment: et clava una empenta, caus en l'aigua i llestos. De manera que vaig esmorzar corrents, amb ànsia, per anar tot seguit al calaix, a la ullera, al finestral obert, a l'illa. Però aquesta volta l'arribada no fou agradosa, com ho havia estat les dues primeres voltes. Vaig sentir clarament el colp de l'onada que em llançava contra terra, i en retirar-se, em vaig trobar amb la boca plena de sorra, i els cabells, i tota jo anava xopa i plena de sal. A la cama dreta, hi tenia una rascada. Vaig fer un crit de ràbia i quasi vaig plorar, perquè gairebé no podia obrir els ulls, de tant que em picaven. Vaig recordar Robinson Crusoe i la seua arribada a l'illa deserta, que ell també va arribar-hi a colps, a punt d'ofegar-se fins i tot. En realitat, ell va arribar-hi molt pitjor que no jo.

Quan poguí badar els ulls, que ja m'hi veia, vaig observar que la platja era deserta. No era la platja de l'illa de Pas, tampoc no em trobava en l'illa de Gont. No sabia gens on era. Potser era l'illa del Tresor, o la de Robinson Crusoe, vés a saber. O potser era la meua illa, l'illa d'Alícia. A uns deu metres endins s'alçaven unes dunes i m'hi vaig dirigir.

Vaig enfilar-me en la primera i vaig distingir una espècie de sendera. Em vaig llevar les esportives que duia, que anaven fent xap-xap de l'aigua, les vaig lligar pels cordons i me les vaig penjar al coll. El camí seguia entre dunes. Tot de bocins de petxines lluents i esmerilades, desgastades pels embats de la mar, pintaven la sorra. La vegetació era de pins blancs i pinyoners, matolls de llentiscle i d'uns arbustos que ja tenia vistos, però no en sabia el nom. Vaig caminar una estona, potser un parell de quilòmetres. Llavors, la sorra es va acabar i el camí es va eixamplar i va donar pas a una esplanada d'herba torrada pel sol. Més lluny i més amunt, turons. Cap construcció a la vista, cap plantació, cap detall que parlàs de vida humana, en aquells paratges. Em vaig aturar, perquè no sabia on fer cap. Vaig mirar el sol, però jo no era com els protagonistes dels llibres que havia llegit. La posició del sol no em deia gaire res. Teòricament, sabia que havia de fixar-me en la trajectòria, mirar cap on anava, però, així i tot, de què em serviria? On em calia anar? A ponent? A tramuntana? Encara portava la roba mullada, però ara ho agraïa, perquè començava a tenir calor. Em vaig asseure a l'ombra d'un pi, disposada a pensar, a fer un pla, i llavors vaig sentir un soroll. Com un petard, fort i valent. D'entrada no em vaig espantar, però, i si era un tret? Jo no havia sentit mai cap tret. No tenia gens d'experiència en armes de foc, ni de cap altra classe, cal dir-ho. Ganivets de taula i prou, però sempre m'havia semblat que els trets devien sonar com els coets de les festes del poble de ma mare, que eren valents de veritat. Llavors, en vaig sentir un altre, més a prop. Vaig anar cap a uns matolls i m'hi vaig posar darrere, molt atenta. Vaig sentir una remor llunyana, com de veus. Vaig mirar amb molt de compte a través de les fulles del llentiscle i llavors vaig distingir tres figures humanes que baixaven en fila índia de la muntanya que jo tenia més a la dreta. A mesura que s'anaven acostant vaig poder-me fixar en més detalls. Eren homes. N'hi havia dos que portaven barba i eren blancs de pell; tots tres portaven un fusell carregat al muscle. Vestits amb una mena de casaques velles, em semblaven una mescla d'exploradors i caçadors de safari, tot alhora. És clar que jo mai no havia vist en realitat ni exploradors ni caçadors de safari. Només en les pel·lícules, només en les imatges que es formaven en la meua imaginació quan llegia llibres. Vaig tornar a sentir-ne les veus. Parlaven entre ells, però des d'aquella distància encara no podia entendre què deien, ni tampoc quina llengua parlaven. Vaig pensar què havia de fer. Tot i que encara no havia arribat en la meua lectura allí on Robinson Crusoe explica tan i tan bé què s'ha de fer en situacions semblants, vaig procedir exactament com ell diu: que en situacions difícils o noves has de fer cas d'allò que et diu el cor, dels impulsos que no saps gaire d'on vénen –però que ell atribueix a la Divina Providència.

I és que no veia gens clar que fos prudent de deixar-me veure. No sabia qui eren aquells individus, ni quin caràcter tenien, ni a què es dedicaven. I sobretot, la cosa més alarmant era que portassen fusells i saber, ara sí, que aquells sorolls significaven que els havien disparat.

Per les coses que sabia, que podia deduir de les que m'havien passat fins en aquell moment, els personatges que havien aparegut en les meues incursions amb la ullera de llarga vista eren una mescla dels protagonistes dels llibres que llegia i d'alguna cosa més que ignorava. Fins en aquell moment tots havien estat personatges agradables, que m'havien facilitat les coses: Jem, la Rellotgera, un falcó o àguila que m'havia fet viatjar, el senyor Jim de l'illa de Pas... Però després d'això, jo havia llegit *L'illa del Tresor*, un llibre ple de traïdors que no ho semblen d'entrada, en què també hi ha bona gent, cal dir-ho, però... I ara havia començat la història de *Robinson Crusoe*, plena de desgràcies. No ho sé, em feia l'efecte que m'havien passat tot de coses bones en aquells viatges, i que aquesta vegada potser me n'esperaven d'una altra mena. Per això vaig decidir-me a esperar, a no deixar-me veure, a observar, a mirar de saber-ne més abans de fer res.

Jo m'estava a la gatzoneta, amagada darrere els matolls, descalça. Vaig calcular que tindria temps de posar-me les sabates mentre aquells homes arribaven, i així ho vaig fer. Després vaig estar-me quieta, molt quieta, perquè ja s'acostaven, ja distingia els mots que proferien, però no entenia gens què deien. Anglés, no m'ho semblava, ni francés, però és que hi ha tantes llengües al món! Van passar molt a prop d'on jo era, però no em van veure perquè no em vaig bellugar gens ni miqueta, ni per respirar. Continuaren endavant, cap a la meua esquerra, i vaig voler seguir-los des de lluny, sense que em descobrissen. De tant en tant, tiraven un tret en l'aire amb el fusell, i jo no sabia si era per espantar cap classe de feres o alguna persona, o si ho feien per avisar algú que arribaven. Vaig anar-los al darrere un bon parell d'hores, segons que va semblar-me, a prou distància perquè no poguessen sentir-me els passos i mig ajocada entre matolls i arbres. Anaven a bon pas, però no miraven mai endarrere, i no dubtaven gens del camí, com si sabessen el seu destí molt clarament. I així era.

Van arribar a una espècie de fortificació feta de pedra, no gaire gran. No era un castell ni res que s'hi assemblàs. Era com un corral, sense sostre, sense portes ni finestres normals, solament amb petites obertures, com finestres estretes. Al cap d'un moment d'arribar-hi algú des de dins els va llançar una mena d'escala que feren servir per entrar-hi.

La vegetació havia anat canviant molt a mesura que havíem fet camí. Els arbres ja no eren pins, però n'hi havia més, i tot era més verd, més exuberant. Em vaig quedar quieta, amagada darrere la soca d'un arbre molt alt i molt gros que jo no coneixia, un arbre que tenia unes arrels que semblaven dits enormes de gegant enfonsant-se en la terra, i en el tronc com unes venes verdes, d'un verd viu, el verd de les ales d'un lloro. Però era un tronc llis, i les branques li eixien de molt amunt. Vull dir que era impossible d'enfilar-s'hi, de manera que no sabia què fer. Llavors, vaig oir una espècie de xiulit, que en principi em va espantar, perquè venia de molt a prop. Tot seguit vaig pensar que devia ser el cant d'un ocell desconegut, però es va repetir, a la meua dreta, d'una manera insistent, com si em cridàs. Mig ajocada, vaig deixar l'ombra i el refugi de l'arbre i fiu cap al soroll, no sé per què. Hi havia com un bosquet, amb uns arbres més baixos i una mata d'herbes altes, i allà, entre l'herba, gairebé vaig topar de cara amb l'autor dels xiulits, que no era sinó un xic, d'una edat, dalt o baix, com la meua, i que ara em feia senyals insistents perquè no digués res. Es va endinsar en el bosc i, una altra volta amb senyals, em féu entendre que el seguís. Només quan ens havíem allunyat prou es va aturar.

–Què fas ací? –em va demanar en un to greu, una mica autoritari i enfadat.

–I tu? –vaig respondre. I ho vaig dir també enfadada, perquè no em semblava que m'hagués de parlar d'aquella manera.

–Jo espere que es faça més fosc per entrar dins el fortí. Però em pensava que estava sol.

–Doncs no hi estàs, mira. I no sé molt bé què faig ací, ni on sóc. Però alguna raó deu haver-hi. D'això, n'estic segura.

–Doncs mira, només pots fer dues coses: o ajudar-me o tornar-te'n per on has vingut. Fa dies que espere i no tinc ganes que ningú em desbarate els plans.

–Potser si m'explicares un poc què passa ací, on som, qui són els homes que han entrat, quins són els teus plans...

–Ostres, xica, quantes preguntes! Sembla que hages caigut del cel, tu! No saps on som? Això és l'illa de l'Esquelet, i els homes que han entrat dins el fortí són lladres, i jo sóc...

–Ja ho sé, tu deus ser Jim –vaig dir pensant en el protagonista de *L'illa del Tresor*.

–Doncs no. Jo em dic Jem.

–Jem?

–Sí, Jem, i tu?

–A mi, em diuen Alícia.

–Alícia? Com la de Terra de Meravelles?

–Sí –vaig respondre un poc cansada. Perquè allò era com una endevinalla, o com un joc de paraules.

–Llavors, ens en sortirem. El teu nom és com un bon auguri. Mira, el meu pla és el següent. Ens esperarem fins que els lladres s'adormen...

–Els lladres? –vaig interrompre'l.

–Sí, aquells homes que has vist entrar són lladres.

–Ah.

–De manera que esperarem que s'adormen. Llavors hi entrarem, els furtarem els fusells i alliberarem Llebeig.

–Llebeig?

–El meu gos.

–Ah. I com ho sabràs, que s'han adormit? –vaig demanar-li. Perquè la veritat és que no m'abellia gens ni mica d'embolicar-me en una aventura semblant.

–Dona, ho sabrem perquè deixaran de cantar. Fa tres dies que els espie i sempre fan les mateixes coses. Sopen, beuen, canten i després dormen com socs.

–I quants n'hi ha, allà dins?

–Set.

–Set? Que t'has tornat boig?

–Mira, si no em vols ajudar, te'n tornes per on has vingut i llestos.

–Doncs, sí, mira, em sembla que ho faré.

I ho hauria fet. Hauria girat cua i me n'hauria anat, però llavors vaig pensar que no estava bé deixar Jem allà, tot sol. I a més, on podia tornar? A la vora de la platja on havia arribat? I una volta allà, què podia fer? No tenia ullera, no tenia res. Com podia tornar a casa?

–Escolta, Jem.

–Què?

–Tens una ullera de llarga vista?

–Sí.

–Me la podries deixar?

–Si m'ajudes...

Vaig fer-li una mala mirada –quin egoista!–, i sembla que em va entendre.

–És que la tinc allà, dins el fortí –va aclarir-me–. Dins el meu bagul.

–Dins el teu bagul? Que ets mariner?

–Bé, aprenent, tot just.

–I com has arribat fins ací? Amb vaixell? –El meu to era burleta.

–I tant, com vols que hi haja arribat? Que has vingut nadant, tu?

–Jo? Potser no t'ho creuries.

–Prova-ho.

–Amb una ullera de llarga vista.

–Jas!

Allò era de bojos. Si hi pensava un poquet, res no tenia sentit. Ni una engruna de sentit. Jem parlava la mateixa llengua que jo, els lladres, com ell en deia, no. O almenys jo no els havia entesos. Jem havia arribat en vaixell, com Jim, el protagonista de *L'illa del Tresor*, però el seu nom era Jem. I per acabar d'embolicar la troca coneixia *Alícia en Terra de Meravelles*, i aquella era una història molt posterior, en el temps, a *L'illa del Tresor*. De bojos, ja ho dic. Però què podia fer?

–Si t'ajude, si ho aconseguim, em deixaràs la ullera? –li vaig demanar.

–Segur. Si ho aconseguim, te la regalaré i tot.

No em tocava més remei que quedar-m'hi.

17
LLEBEIG

No puc dir que l'espera fos llarga o avorrida. Ens menjàrem unes panses, que era l'única cosa que aquell xic tenia, i mentre esperàvem que es fes fosc, raonàrem. De bon començament, la nostra conversa no em va aclarir gaires coses, perquè quan li vaig demanar quin idioma parlaven els lladres, em va mirar com si fos boja.

–L'idioma dels lladres.

–Home, vull dir quina llengua.

–La seua, Alícia.

–I com t'hi entens, amb ells?

–És que jo no m'hi entenc, amb ells. Són lladres, i jo, no.

–Bé, però, tu has arribat ací amb vaixell.

–I això què té a veure amb la llengua dels lladres?

–No ho sé, em pensava que havíeu arribat junts, amb el mateix vaixell.

–Sí, però ells són lladres, i jo no.

–Escolta, Jim –vaig dir una mica cansada.

–Jem, em dic Jem.

–Perdona, Jem. Voldries explicar-me la teua història?

–I per on vols que comence? Pel principi o pel final?

–Em bastarà que siga entenedora –vaig claudicar.

–Mira –va contar-me–, des de menut que somniava fer-me a la mar. La meua família era de secà, res a veure amb mariners, ni amb aigua, ni amb ports, però sempre parlaven d'un iaio mariner, d'un avi que havia viatjat per tot el món. I jo sempre em feia contar la història d'aquell iaio, una vegada, i una altra, i una altra. El somniava i tot, aquell iaio. Somniava la mar. I un bon dia, sense haver-ho planejat, vaig fer-me un saquet amb les coses imprescindibles i vaig fugir de casa per imitar les històries d'aquell iaio. Vaig arribar a una ciutat gran, amb port, però ningú no em volia llogar en el seu vaixell, perquè era massa jove, perquè no tenia gens d'experiència i no en sabia ni un borrall, de vaixells ni de res. De manera que una nit vaig ficar-me en un vaixell, d'amagades, i a l'eixida del sol, mig adormit encara entre el cordam, vaig sentir que el vaixell salpava. Em trobaren l'endemà, perquè jo tenia fam i, sobretot, molta set, i el cuiner m'enxampà mentre feia una incursió en la cuina del vaixell. Llavors, com que ja érem en alta mar, em feren treballar de valent, i ben aviat vaig adonar-me que la tripulació d'aquell vaixell no era el que jo m'esperava. Perquè els homes que la formaven no navegaven per comerciar ni per pescar, sinó que eren una colla de lladres.

–Lladres? Vols dir pirates?

–Pirates? No, lladres.

–Home, els pirates també són lladres –vaig contradir-lo.

–Sí, però els pirates roben en mar, i aquests són lladres de terra.

–De terra?

–Sí, de terra. Arriben a un port, baixen, fan enganyifes i furten a la gent, i tot seguit tornen a salpar.

–Això, no ho havia sentit mai.

–Jo tampoc. En cap relat dels que es contaven en ma casa no havia sentit mai cap cosa semblant. Però és així. Ho he vist. Millor dit, ho he hagut de fer –va rematar amb el cap cot.

–Has furtat, tu també?

–No m'ha tocat més remei. No és que haja furtat, exactament, però he hagut de fer coses per distraure la gent mentre ells robaven. La veritat és que, tan prompte com m'enxamparen dins el vaixell, trobaren que jo els podia ser molt útil, perquè sóc el més jove de tota la tripulació, i segons ells faig cara d'innocent. Amb els animals, hi tinc mà, i en un dels primers ports on vam atracar vaig trobar un gos. I el vaig portar al vaixell. D'amagades també. I vaig ensenyar-li uns quants trucs. És un gos molt llest, saps? I molt bonic. Té un pelatge preciós, com la sorra del desert. Jo no hi he estat mai, al desert, però el color de la sorra deu ser com el pèl del meu gos, un color d'or apagat. És un gos com no n'hi ha. Li vaig posar Llebeig de nom, perquè és un vent que porta sempre molta sorra. Un gos fantàstic. Va aprendre moltes coses. I en un mes de travessia no et pots imaginar la mà de piruetes i de trucs que sabia fer. Doncs bé, ells trobaren que el gos i jo els podíem ser molt útils. I així ha estat. Quan arribem a port, em fan fer rogle amb el gos, amb les seues piruetes i els seus trucs, perquè sap caminar amb dues potes, em torna les coses que li llance, i tot de coses així, com si hagués nascut per al circ. I mentre la gent mira embadalida les coses que fa el gos, ells els buiden les butxaques, o els furten la bossa. I és clar, jo veig com ho fan, saps?, i no és gens agradable. No, jo no vaig embarcar-me per fer una cosa semblant.

–Però com heu parat en aquesta illa? Ací no hi ha res per a furtar. Sembla una illa deserta.

–Perquè entre les coses que furtaren en l'últim port per on vam passar hi havia un mapa. I tenen ficat en el cap que és el mapa d'un tresor. I ací ens tens.

–I per què no vas amb ells?

–Perquè fa tres nits vaig poder fugir del fortí. Però en el darrer moment, ells van atrapar Llebeig.

–I per què fugies? Que no vols trobar el tresor, tu?

–No existeix, el tresor.

–Com ho saps?

–Perquè, el mapa, vaig dibuixar-lo jo.

–Com?

–N'estava cansat, què vols? Queia malalt tan sols de veure com robaven a la gent humil, persones com jo, com tu. I què sé jo! Persones com les de la meua família, que un bon dia veuen una cosa curiosa, perquè el meu gos és una cosa curiosa, i s'embadalixen, perquè no tenen costum de veure res sinó les coses de cada dia, i quan tornen a casa, potser abans i tot, s'adonen que els han furtat les poques monedes que portaven. De manera que un dia vaig tenir la idea d'enganyar-los. Havia llegit una història sobre una illa i un tresor i se'm va acudir de dibuixar el mapa. I en un dels ports on atracàrem, mentre em preparava amb el gos i tota la pesca, vaig veure algú com jo, un xicot que duia pintades a la cara les ganes d'aventura. I li vaig ficar el mapa dins la bossa, sense que ho veiera, perquè ja sabia que li la furtarien, que ja m'havia començat a passar que, quan la gent començava a fer rogle, jo ja sabia reconéixer les cares dels més innocents, dels més embadalits, i ja endevinava d'entrada a qui furtarien. I això també em feia caure malalt. De manera que vaig ficar aquell mapa en la bossa d'aquell xic innocent. I la bossa, com jo suposava, fou robada. I quan haguérem salpat i van fer recompte dels guanys, van trobar aquell mapa. I es van tornar bojos, ja t'ho puc dir. No vam atracar en cap port més. De manera que ací som, a l'illa de l'Esquelet, que és el nom que vaig escriure, copiat d'aquell llibre, en el meu mapa, i ja et dic que fou una sort immensa de trobar una illa segons les indicacions que jo m'havia inventat. Ara ells busquen un tresor. I jo tan solament espere que s'adormen per recuperar el gos, per furtar-los els fusells, per lligar-los i per deixar-los eternament perduts en aquesta illa.

–I com penses fugir, després?

–Amb el vaixell.

–Tot sol?

–Tot sol, no. Amb Llebeig, i amb tu, si em vols acompanyar...

Allò era molt gros, sí senyor, molt i molt gros. Tota aquella història era una mescla estranya. D'una banda, el relat de Jem em recordava un poc Robinson Crusoe, perquè també ell tenia una dèria incontrolable amb tot això de fer-se a la mar, i abandonava la família. D'una altra, tota la cosa del fortí, dels lladres, del tresor, em recordava, evidentment, *L'illa del Tresor*, i el nom, és clar: l'illa de l'Esquelet, aquest xic l'havia copiat del llibre.

Però fugir tots dos sols amb el vaixell i amb un gos... Jo no en sabia res, de vaixells. Bé, les úniques coses que en sabia eren les que havia llegit i, per això mateix, sabia que governar un vaixell eren paraules grosses. Però també era cert que no tenia manera d'eixir d'allà, i que a *L'illa del Tresor* Jim aconseguia finalment els seus propòsits. De manera que potser, primerament... Sí, havia d'ajudar Jem a recuperar el gos i a immobilitzar els lladres. Això era clar com l'aigua. Però després...

–Anem per passos –vaig dir-li finalment–. De primer, lliguem els lladres i recuperem el teu gos. Després, ja veurem.

–Molt ben dit, Alícia. Lliguem els lladres, primer.

A tot això, ja els sentíem cantar, des d'allà on érem. I això també passava, exactament així, en el relat de *L'illa del Tresor*. Els pirates bevien rom cada nit fins que queien inconscients de tanta borratxera. I és per aquesta raó que Jim, el protagonista d'aquella història, pogué finalment furtar-los el vaixell per amagar-lo en una badia i fugir després. Per tant, potser aquesta primera part era fàcil. Vull dir, la d'entrar dins el fortí, com volia Jem, i deixar-los lligats.

Però al cap d'un parell d'hores encara cantaven, i ja era fosc, i jo tenia gana i son, i em sembla que Jem també.

–No hem de defallir, Alícia. Sobretot no hem d'adormir-nos –em va dir com si m'hagués llegit els pensaments.

–Tens raó, Jem –vaig respondre-li–. Sobretot no hem d'adormir-nos.

Però em sembla que, mentre ho déiem, ja vam adormir-nos tots dos.

18
FURTAR A UN LLADRE

Quan vaig badar els ulls, no sabia on era. Tot era fosc, o m'ho semblava, i regnava un silenci estrany. M'havia adormit a casa? Llegint el llibre? Però no, el pare m'hauria despertat en tornar.

–Alícia, ja s'han adormit. I em sembla que nosaltres també.

Continuava allà, doncs, a l'illa de l'Esquelet, amb Jem.

–I què hem de fer ara?

–Vine amb mi. Sé com agafar l'escala per entrar-hi.

Ara ja no pareixia que tot fos tan fosc, ni tan silenciós. Hi havia estreles, al cel. Moltes estreles i una lluna que minvava, però que encara il·luminava, i potser massa, el fortí. El silenci tampoc no era complet. S'oïen sorolls, de granotes, de cigales, d'animalons desconeguts.

Vam eixir del bosquet on havíem estat amagats i en un moment fórem a les portes del fortí, i no sé com, Jem va traure l'escala amb què jo havia vist pujar aquells homes. Ell va escalar el primer, i jo anava darrere, amb el cor galopant a una velocitat considerable. Però vaig pujar darrere seu, i quan fórem a dalt, vam recollir l'escala, que era de corda, i la vam deixar caure a la part de dins. Vam baixar. Llavors, vam sentir un lladruc. Llebeig, que ens devia haver sentit. Però tot seguit Jem féu un xiulit i el gos va callar. Vam caminar a poc a poc, i al cap d'un moment, a mesura que els ulls s'adaptaven a la foscor, ja els vam veure. També els vam sentir. Bé, que els vam veure és molt dir. Unes ombres ajagudes, i allò que se sentia eren els roncs i les respiracions, fortes, regulars i profundes. Amb senyals Jem va dir-me que m'esperàs, mentre ell caminava entre aquells homes i es ficava a dins. Jo em vaig estar mig quieta a penes, perquè tremolava. Tornà amb un rotle de corda, però jo li vaig dir, també amb senyals, que de primer els havíem de furtar els fusells, i va assentir-hi. No puc explicar la por que vaig passar, perquè mai de la vida no n'havia passada tanta. A cada moviment, a cada soroll, el cor, si abans em galopava, ara se m'aturava, totalment. El pes del primer fusell em va sorprendre, perquè no sabia que pesassen tant. De manera que vaig tornar al lloc de l'escala per deixar-lo, i després, una nova incursió. Quan agafava el tercer, que era ajagut al costat del lladre com si fos el seu acompanyant, l'home es va moure i, un moment, la seua mà em va agafar el turmell. Quasi vaig cridar, però solament vaig restar paralitzada, amb la boca oberta, fins que l'home es va girar i em deixà anar el peu. Potser foren uns segons, només, però em semblaren eterns. Llavors, vaig tornar on hi havia l'escala, que Jem ja m'esperava amb els altres quatre fusells i el rotle de corda. M'hi vaig acostar molt, i a cau d'orella li vaig dir:

–Agafa el gos i fugim d'ací. Jo no lligue ningú.

Em va mirar amb cara de pomes agres, però em sembla que en el fons m'ho va agrair.

Trobe que la part més difícil va ser que Llebeig es mantingués en silenci. Estava tan content de retrobar l'amo que movia la cua desesperadament, i com que la tenia llarga, tocava a terra i feia un soroll com si pegàs amb un fuet, tec, tec, tec, i es llançava a sobre de Jem, i el llepava, i no hi havia manera que estigués tranquil. Traure els fusells a la banda de fora ens va costar bastant, perquè pesaven, i l'escala, ja ho he dit, era de corda, i amb el pes era com anar amb un gronxador. Però ho vam aconseguir. Llavors, els transportàrem al bosquet on havíem restat amagats tot el temps i, ni que fos en veu baixa, ja vam poder parlar.

–Què en fem, dels fusells? On els amaguem? –li vaig demanar.

–Ací mateix, però haurem d'emportar-nos-en un parell.

–Per què?

–Per fer-los sonar, si ens troben.

–Però Jem, jo no en sé res, de fusells.

–No et penses, tampoc no és tan difícil.

–I on anem, ara?

–Al vaixell, és clar.

–És clar.

Llavors, de colp, hi vaig caure.

–Però, Jem, el bagul, la ullera!

–Ostres, ens n'hem descuidat.

–Però jo necessite la ullera.

–Si vols, hi podem tornar, però potser no tindrem tanta sort. Hem d'obrir el bagul, per traure la ullera, i em sembla que grinyola.

–No puc tornar –vaig mussitar.

–Doncs, au! Anem al vaixell.

Ell estava content, i el seu gos també. Però jo, no. Perquè ara no podria tornar-me'n a casa, al meu món. No sense la ullera. I això, com li ho podia explicar?

Vaig seguir-los capmoixa, mentre ell parlava sense parar. Però no em calia respondre-li res, perquè no era amb mi que parlava, sinó amb Llebeig, el seu gos, que era bonic, la veritat, i tenia el pèl del color de l'or apagat, com ell m'havia dit, i una mirada especial, com si comprengués tot allò que li deia. I potser sí que el comprenia de veritat.

–Que és molt lluny, el vaixell? –vaig demanar-li. Perquè se'm va ocórrer que, al vaixell, potser hi trobaríem una altra ullera de llarga vista.

–A un dia de camí.

–A un dia! –vaig exclamar.

–No és tant, Alícia, ja hem fet la part més difícil.

–Però jo he de tornar.

–On?

–A casa!

–Ja t'hi portaré, dona, amb el vaixell. Només cal que em digues on és. La resta és cosa meua. N'he après molt, saps? Vull dir que els lladres m'han ensenyat molta marineria. Tu solament m'hauràs d'ajudar. Si fas com et diré, et portaré a casa en un tres i no res. Eh que sí, Llebeig?

I Llebeig va fer un lladruc afirmatiu, com si digués: I tant!

Vam veure eixir el sol que encara caminàvem. I això fou magnífic. El pare m'havia proposat moltes voltes que anàssem a la mar per veure'l eixir, però havíem de matinar tant que jo sempre ho deixava per a una altra ocasió. I ara m'alegrava molt de poder-ho veure; em va agradar moltíssim de pensar que el pare em proposava un espectacle tan bell, però també em va entristir això de veure'l sense ell. I sentir que era lluny, i que no sabia quina hora devia ser en aquell món d'on jo venia, ni què devia pensar-ne el pare, de la meua desaparició. I el fusell pesava tant! I estava tan cansada!

–Necessite descansar –va dir Jem.

–Jo, també –vaig respondre. Però estava orgullosa de no haver estat la primera a manifestar-ho.

Ens vam arrecerar, ben apartats del camí. Vam menjar un grapat de panses i ens vam adormir. Jo, molt profundament. Vaig somniar que llegia *Robinson Crusoe* asseguda al llit, moltes hores seguides, fins que el soroll del telèfon m'interrompia la lectura. Vaig somniar que parlava amb mon pare, que em deia que Jem, el seu amic, passaria per casa a portar-me una amanida d'arròs que havia fet per a dinar. I em menjava l'amanida, que trobava boníssima, perquè anava molt afamada. Mentrestant, Jem em feia companyia i em llegia en veu alta el capítol següent del que jo ja havia passat, on s'explicaven moltes coses de la vida que feia Robinson a l'illa; entre aquestes, que les panses constituïen un aliment molt nutritiu i important de la seua dieta. Després Jem se n'anava, i jo continuava llegint tota la vesprada fins que acabava la història del nàufrag. Llavors, tornava mon pare de treballar i m'ajudava a dutxar-me, com ja era costum, i sopàvem al balcó, i raonàvem una estona. I llavors trucaven a casa i era Jem de nou, que venia amb una sorpresa.

–Mireu! –deia–. És d'una amiga que se'n va de vacances i m'ha demanat que en tingués cura.

Era un gos molt bonic, amb el pèl del color de l'or apagat i una mirada intel·ligent, com si t'entengués. Un gos que va venir directament cap a mi.

–Sembla que et conega –deia Jem.

–Em coneix –responia jo.

–Li diuen... –començava Jem.

–Llebeig –rematava jo.

I va bordar, content de sentir el seu nom. I fou amb els seus lladrucs que em vaig despertar. Encara a l'illa de l'Esquelet.

19
COM EL GLATIR D'UN COR

D'entrada jo havia comés un error. M'afigurava que, com que havia llegit tantes coses sobre aventures en la mar, sobre marins, sobre travessies, sobre naufragis... Com que havia cercat tantes paraules referents a la marineria per al viatge d'aquell estiu, em considerava preparada per a salpar. Res més allunyat de la realitat. Cap lectura no m'havia preparat per a una cosa semblant. Primer de tot, arribar al vaixell ja va ser tota una aventura, perquè els vaixells s'ancoren mar endins, no a la vora, i cal arribar-hi. Sí, cert que això ja ho havia llegit, però una cosa és llegir-ho, i una altra haver-ho de fer. La barqueta de rems amb què havíem de fer aquell trajecte es movia com una mala cosa, i les onades, tot i no ser gaire fortes, segons que Jem em deia, ens deixaren ben xops. Una volta arribats, calia enfilar-s'hi, i enfilar-se, des d'una barqueta, que no deixa de moure's, a un vaixell, que tampoc no està quiet per molt que ho semble, no és gaire fàcil. No hi ha atracció de fira que et puga preparar per a un mareig semblant. Tot i que no havíem menjat res més que panses, quan finalment fórem dalt del vaixell, ja puc assegurar que, de pansa, no me n'hi quedava cap, al cos.

Però encara no havíem acabat d'embarcar, que ja vam sentir crits. Eren els lladres, que finalment també havien arribat a la platja per trobar-nos; bé, per trobar Jem, que, de mi, no en sabien res. Sort que ara, per molt que dos o tres es ficaren en l'aigua i començaren a nadar, ho tenien molt malament, la veritat, per a arribar al vaixell, perquè érem a una bona distància. De totes maneres, i per un cas que fossen grans nadadors, Jem em va demanar d'ajudar-lo a llevar l'àncora i fer-nos a la mar. I a la mar ens vàrem fer, però em sembla que sense ordre ni concert, perquè per molt que Jem s'hi escarrassàs i em cridàs: «Lliga l'estai! Agafa el botaló i tira'l cap a estribord. Atenció amb la botavara. Vés cap al trinquet», jo tenia tota la panxa rebolicada, i el cap fet un embolic amb el bauprés i l'estai, l'eixàrcia morta i la mòbil, el petifloc i l'amura, i l'única cosa que podia fer era esquivar aquells pals que anaven i venien sense parar, i abocar-me a babord o a estribord, que no sabia on era, per perbocar la fel a l'aigua, que era l'única cosa que em restava dins el cos.

Però ho aconseguírem, perquè al cap d'una bella estona, en un dels descansos que l'angúnia m'oferia, no vaig veure terra per cap banda, ni lladres que nadassen ni cap altra cosa, sinó mar i més mar. Jem no havia parat ni un segon i, quan finalment em va veure més tranquil·la, em cridà perquè m'acostàs on ell era, al timó.

–Ja et trobes millor? –em demanà.

–No gaire, la veritat.

–Potser trobaràs alguna cosa per al mareig en la farmaciola. Creus que podràs arribar-hi?

–Ho intentaré.

Vaig anar baix, i em va sorprendre que un vaixell pogués ser tan gran. Vaig trobar la farmaciola i les píndoles del mareig, i me'n vaig prendre dues, com Jem m'havia recomanat. Al cap d'una estona ja em trobava millor. Vaig pensar que la mare no m'havia explicat res sobre el mareig en les seues telefonades. És que ningú de la meua família no s'havia marejat? Vaig tornar a coberta, amb Jem. Mirava la brúixola i movia el timó.

–Ja saps on anem? –vaig demanar.

–Mire de desfer el camí que vam fer per arribar a l'illa.

–T'he servit de ben poca cosa, fins ara.

–És normal. Jo també em marejava, al principi.

–No m'ho havies contat.

–Dona, no són coses d'explicar.

–Doncs, a mi, em sembla que sí. Això m'ha vingut de nou.

–Però estàs millor, no? Doncs és això que importa. Què et sembla si mengem alguna cosa?

I la veritat és que la proposta em va semblar molt adequada, fins a tal punt m'havia recuperat. Jem em va deixar a càrrec del timó mentre baixava a buscar provisions a la cuina, i tot i que jo m'hauria d'haver sentit feliç, i que me'n sent, quan ho recorde, veient-me llavors tota sola davant la mar, pilotant un vaixell, vaig sentir tanta por, de fer-ho malament, que no vaig gaudir gens ni miqueta. I si equivocava el rumb? I si feia embarrancar la nau? I si...?

Vam menjar galetes salades, i més panses, i ametles, i unes preses de xocolate. I foren uns moments agradables, perquè el vent no era fort, sinó una brisa agradable i salabrosa, i llavors vaig sentir que, finalment, jo també havia arribat a la mar i al vaixell, a la meua pròpia aventura, com tots els personatges de les històries que llegia, com la meua família, com Albert.

El cel s'havia tintat de groc, de carabassa, de violetes, i em féu recordar aquell quadre tan bonic de Caspar David Friedric, de *Les tres edats*. Fou un crepuscle fantàstic, aquell. El vam contemplar en silenci, tots tres, Jem, Llebeig i jo, i l'única cosa que sentíem era la remor de la mar que ens acompanyava, com el glatir d'un cor.

Però acabat el crepuscle, la brisa salabrosa i agradable es convertí en un ventet, un vent, un cicló, un huracà. No hi havia mans per a manegar-nos enmig d'aquella força natural, i al cap de poc, també arribà la pluja i la cosa ja es tornà insostenible.

Jem intentava de totes passades de mantenir el vaixell, però no sabia ben bé d'on bufava el vent, ni quina vela havia d'arriar ni quina havia d'hissar i, a mi, em feia l'efecte que hi havia moments que el vaixell feia voltes sobre si mateix, però com que tornava a estar molt marejada, ja no sabia de cert si les coses eren reals o imaginades. A negra nit i enmig d'aquella tempesta, vaig plorar de por, però ningú no ho hauria endevinat, perquè plovia i la mar arruixava, i potser Jem també plorava i jo no ho sabia i em pensava que era la pluja. M'havia posat al seu costat, i em sembla que estàvem tots dos tan espantats que no podíem ni parlar. Llavors, la mar es va esvalotar amb tant de vent, i les ones començaren a fer-se enormes i ens queien al damunt, tot i que jo no sabia si venien de babord o d'estribord, sinó que ens ameraven de cap a peus, i l'última cosa que recorde és que vaig sentir que Llebeig bordava. Llavors, una onada em va llançar de costat i vaig caure redolant per la coberta, i mentre redolava vaig veure la botavara que venia cap a mi, i amb la botavara un gran colp, i la foscor.

20
LA GRAN MAR

–Com has passat el dia, Alícia?

–Bé, mare, i tu?

–Hui millor, però ahir vàrem passar un dia horrorós.

–I això?

–Hi hagué tempesta, i érem en alta mar.

–Vas tenir por, mare?

–Vaig tenir molta por. Per mi, pel teu germà, per tothom. És molt impressionant una tempesta en la mar, saps? Et sents tan indefensa! Em varen fugir totes les ganes de continuar el viatge. A mi i a tots, no et penses. I l'única cosa que se m'acudia pensar era «gràcies que Alícia no és ací».

–Jo també vaig passar molta por.

–Per què?

–Per la tempesta.

–Què vols dir, Alícia? És que també heu tingut mal oratge, vosaltres?

–Mal oratge no, mare, tempesta. I ja et pots imaginar, Jem i jo tots sols, al vaixell. Bé, amb Llebeig, però Llebeig podia fer poca cosa, i a més jo m'havia marejat molt al principi i...

–Alícia!

–Què?

–Et trobes bé?

–Com?

–Que si et trobes bé?

Les paraules sonaven com un eco dins el meu cap. Vaig badar els ulls i em vaig trobar amb el rostre d'un home que no coneixia. Un home ni jove ni vell.

–Et trobes bé?

–Em sembla que no gaire. Em fa mal el cap.

–Bé, almenys t'has despertat. Això ja és molt.

–On sóc?

–En la mar gran, és clar.

–En la mar gran? Què vol dir?

–Cridaré el doctor. Segurament que ell t'ho sabrà explicar millor.

L'home se n'anà. No el coneixia. No l'havia vist mai i tanmateix... Vaig mirar al meu voltant. Em trobava en una habitació menuda, una espècie de... cabina? Era en una cabina? En un vaixell? Em vingué tot al cap, l'illa on havia anat a parar, els homes que havia seguit, Jem, Llebeig, els lladres, el vaixell, la tempesta...

I on era Jem? I Llebeig? El cap em bullia de preguntes, però tot seguit entrà un altre home per la porta amb un maletí a la mà. Era un maletí antic, molt semblant a una antigalla que havia vist a l'àvia, i que ella guardava com a record de la seua pròpia àvia. L'home devia tenir uns cinquanta anys, amb barba i unes ulleres redones i de muntura metàl·lica. El doctor, segurament.

–Ei, bon dia! –em va dir tot entrant–. Diu Danny que ja et trobes millor.

–Danny? –vaig demanar una mica perplexa.

–Us vam recollir tot just fa un dia. Una tempesta de mil dimonis, sí senyor. Vam acabar tots marejats, amb aquella maleïda tempesta. Tots excepte Danny, és clar.

I mentre ho deia em prenia el pols, i no sé si ho notà, però em sembla que el cor em va saltar quan va dir això de Danny, com un pressentiment. Després va obrir el maletí, tragué un fonendoscopi i m'auscultà, en silenci.

–De mil dimonis, sí senyor –va dir en acabar–. Però ja ha passat, afortunadament, i tu ja estàs millor. El teu amic m'ha explicat que reberes un bon colp. Te'n recordes, del teu amic?

–De Jem?

–De Jem, molt bé. I el teu nom, el recordes?

–Què vol dir, si el recorde? Em diuen Alícia.

–Molt bé, Alícia, molt bé. Vas rebre un colp que et deixà inconscient. T'he de fer preguntes per saber si això t'ha afectat d'alguna manera. Ho comprens?

–Sí, ho comprenc, però, on sóc?

–A poc a poc. Bé, saps el teu nom i recordes el teu amic. Alguna cosa més?

–Què vol dir?

–Recordes alguna cosa més, d'abans del colp?

–Sí, senyor. Recorde que es va girar un vent molt fort, i tot seguit la tempesta. I recorde que vaig redolar per coberta i que la botavara se'm va tirar a sobre.

–Molt bé. I què féieu al vaixell, el teu amic i tu?

–Fugíem, és clar.

–De qui?

–Dels lladres. No li ho ha contat, Jem?

–Bé, sí, el teu amic explica una història una mica inversemblant, amb lladres i una illa del tresor inventada per ell en un mapa. No sé, potser també va rebre algun colp i no ho recorda. Ho recordes, tu?

–No, em sembla que ell no va rebre cap colp. Almenys fins que es féu fosc.

Ah.

–Em pot dir on sóc, ara?

–En la mar gran.

–Bé, això ja m'ho ha dit... Danny?

–Sí, Danny.

De colp, vaig notar que m'esborronava.

–Danny Boodmann? –vaig demanar.

–Danny Boodmann, sí.

–Danny Boodmann T. D. Lemon Novecento?

–El pianista més gran que mai haja tocat en la mar gran, sí senyora –va confirmar ell, content.

–I aquest vaixell és el *Virginian*?

–Vaixell, no. Transatlàntic.

–Doctor!

–Sí?

–Em sembla que ara em tornaré a desmaiar.

Vaig aclucar els ulls. Escoltava una melodia senzilla tocada en un piano mentre mirava la mar, asseguda a coberta en una còmoda butaca. Ma mare seia al meu costat, i totes dues dúiem uns vestits molt antics, com de l'any mil nou-cents.

–Sents, mare? –li demanava jo.

–Sí.

–És Novecento.

–Novecento?

–El pianista més gran que mai haja tocat en l'oceà.

–Com ho saps?

–M'ho ha contat el pare.

–Això conta, ton pare?

I pot semblar una resposta sense solta, però no ho era. Venia embolcallada com un caramel, però l'embolcall no era un paper, és clar, era l'entonació que l'acompanyava, com un núvol de suspicàcia, de desconfiança, i quan el desembolicaves, quan retiraves aquell núvol de paper, podies sentir tot allò que no havia dit amb paraules, i que era una cosa semblant a: «I des de quan ton pare conta res que siga veritat?».

Vaig mirar la mar, la mar gran, l'oceà. Vaig aclucar els ulls. No volia estar allà amb la mare, no volia els seus dubtes, no volia suspicàcies ni desconfiances. No volia, no volia, no volia sentir aquella llosa en el meu pit que pesava tant que pareixia que volia esbotzar-me'l.

Una olor forta sota els narius, veus al meu voltant.

–Ja es retorna –deia la veu del doctor.

–Què li ha passat, ara? –demanava Danny.

–No ho sé, Danny. S'ha desmaiat. Deu ser per la impressió... –responia ell–, li he fet olorar unes sals... Una impressió molt forta.

–Sí –responia Danny–. Deu ser una impressió molt forta, venint de tan lluny.

–Que saps d'on ve, Danny? –demanava el doctor.

–No, d'on ve, no ho sé. Però anirà molt lluny, sí senyor. Ja li ho he vist en els ulls.

No els vaig voler badar. M'estimava més estar-me així, amb Danny i el doctor, escoltant com parlaven i tenien cura de mi. Però ja no vaig sentir res més. Potser és que, finalment, em devia adormir.

21
I TANMATEIX, EXISTEIX

Quan vaig despertar-me encara era al mateix lloc, a la cabina del *Virginian*. Potser havia somniat, però no en tenia un record clar, com les altres voltes. Tot just una vaga impressió d'haver estat amb mon pare, en sa casa. Però una impressió fluixa, sense cap rastre de conversa ni de res. Em sentia millor, molt millor que no la darrera vegada que m'havia despertat. El mal de cap s'havia esvanit i només tenia gana, molta gana. Vaig mirar amb atenció la cabina. Darrere el llit hi havia un autèntic ull de bou, una finestreta redona com les que, fins en aquell moment, solament havia vist en les pel·lícules antigues que em feia mirar el pare. Vaig alçar-me. Vaig adonar-me que duia una camisa de dormir blanca, molt llarga, que m'arribava als peus, i que allà mateix, als peus del llit, hi havia la roba que duia quan havia arribat a l'illa. La meua roba. Me la vaig posar tot seguit, i quan ja era a punt d'eixir, trucaren a la porta.

–Endavant –vaig dir.

–Bon dia –em féu Jem traient el cap.

–Jem! –vaig dir contenta.

–Com estàs? –em demanà.

–Jo, molt bé. I tu?

–Jo estic bé, però em sent tot estrany. No ho sé, no me'n sé avenir, de tot això que ens ha passat. És com si haguérem fet un viatge al passat.

–Ah, això! –vaig respondre-li sense dar-hi importància. Em sentia experta en viatges d'aquesta classe–. Ja t'hi acostumaràs. Escolta, tinc gana.

–Això, rai, té solució. Vine, t'ensenyaré on és la cuina, i el menjador i tot. Aquest vaixell és fantàstic!

–Vaixell, no. Transatlàntic –vaig retrucar.

Al menjador vam trobar el doctor que esmorzava amb el capità. Ens convidaren a esmorzar amb ells. Tot era de gran categoria, en aquell vaixell. Potser ens havien posat amb els de primera classe. El doctor volgué esbrinar d'on era que veníem, però jo vaig aprofitar que una senyora molt ben vestida s'acostava a la taula i li feia una pregunta sobre el seu reuma per fer un senyal a Jem, i tots dos ens aixecàrem molt educadament i ens n'anàrem a voltar.

–Hem de trobar Danny –li vaig dir.

–El pianista?

–Sí. Com ho saps, que és pianista?

–El vaig escoltar anit, a la sala de ball.

–I què et va semblar?

–Que toca com els àngels.

–Sí, ja ho sabia.

–Com ho sabies, tu, si no l'has sentit mai?

–M'ho va explicar mon pare.

–Ton pare? Com t'ho pot haver explicat ton pare, Alícia? Això no pot ser.

Però, aquesta, no li la vaig respondre. Vaig limitar-me a riure per sota el nas. Ens passejàrem per tot el vaixell, que era enorme, i com que ho era tant, no en notaves el moviment, no et marejaves ni res.

–Donaria el que fóra per poder treballar de mariner en aquest vaixell. Bé, en aquest transatlàntic –va dir Jem.

–Queda-t'hi, si tant t'agrada.

–No deu ser tan fàcil.

–Per què no? Tan solament has d'oferir els teus serveis. Parla amb el capità.

–Creus que m'acceptarà?

–M'ha semblat un home agradable. Jo, de tu, ho intentaria.

–Saps què? Ho faré. Ara mateix.

I se n'anà corrents, cap al menjador. Jo dubtava que el capità encara esmorzàs, perquè el capità d'un vaixell com aquell devia tenir moltes coses a fer. Però també sabia de segur que Jem el trobaria.

Jo, en canvi, vaig quedar-me a coberta, mirant la mar, que era calma en un dia esplèndid d'estiu. Llavors, vaig sentir una llepada a les cames.

–Llebeig! –vaig exclamar.

–És teu, el gos? –va demanar-me Danny, que venia darrere.

–No, és de Jem.

–És un bon gos. I sap molts trucs.

–Sí.

–Que volies res, de mi?

Vaig assentir, sense demanar-li com ho sabia.

–Tu diràs.

–És que... no sé per on començar.

–Ah. Si començares pel principi, potser ho aniries trobant.

I ho vaig fer. Li ho vaig abocar tot. Vaig explicar-li que era filla d'una família normal fins que deixà de ser-ho. Que mon pare ens havia donat aquella notícia que havia estat una bomba, que ma mare s'havia enfonsat en un pou de depressió, i que jo havia passat tres anys sense voler pensar què significava allò que havia dit mon pare, fins que aquell mateix estiu m'havia trencat la cama i me n'havia anat a viure amb ell, i llavors havia sabut què significava. I que tot plegat em suscitava sentiments molt contradictoris, perquè, d'una banda, quan estava amb mon pare i amb Jem, no em sentia gens ni mica estranya; tot em pareixia normal; eren dos homes i s'estimaven, i no em sentia violenta. Però, alhora, també pensava que no podia ser que ma mare les hagués passades com les havia passades, i que, d'alguna manera, d'alguna manera...

–Què Alícia?

–Que pense que, si mon pare hagués sabut sempre que era homosexual, jo, jo...

No podia continuar. Era la llosa que tenia al pit, que m'impedia de parlar.

–Tu, què? No existiries, veritat?

Vaig sentir un crec dintre meu, com si alguna cosa se m'hagués romput. Potser la llosa que es badava. I, en trencar-se, un gran plor va sacsejar-me. Com si s'haguessen obert les comportes que retenien l'aigua i finalment em pogués rendir al plor contingut tant de temps. Vaig plorar una mar, mentre Danny m'abraçava, fluixet. Vull dir que no m'abraçava perquè deixàs de plorar, sinó tan sols per acompanyar-me, perquè no em sentís sola mentre em treia aquella llosa de dins el pit, aquella pedra pastada amb totes les llàgrimes que no havia plorat des que els meus pares s'havien separat, amb tota la por que em feia que ma mare no abandonàs mai aquell pou o aquella illa, amb tot el temor que mon pare s'oblidàs de nosaltres i en bona veritat no ens estimàs, perquè si hagués baixat aquelles escales abans d'hora, si hagués conegut Jem molts anys abans, ni Andreu ni jo no hauríem nascut, i mai no hauria existit la família de la A.

Quan se m'acabaren les ganes de plorar, Danny em féu una abraçada intensa i curta. Llavors, em va mirar als ulls i em digué:

–Vols saber què hi veig, no és això? Doncs acompanya'm i t'ho mostraré.

Vam anar a la sala de ball, on hi havia el piano.

–Seu al meu costat –em va dir.

I ho vaig fer. Vaig seure al banquet del pianista, al seu costat. Llavors, ell em va mirar, una sola vegada, intensament. I després es posà a tocar.

Podria escriure un llibre sencer per a explicar què vaig oir, què vaig veure, què vaig sentir mentre Danny Boodmann T. D. Lemon Novecento tocava allò que havia vist que veurien els meus ulls. I potser amb un llibre sencer encara faria curt, perquè hi havia tantes notes en aquella melodia com pedres petites, redones i polides hi ha en les platges del món. I era una melodia que ho contenia tot: albades i crepuscles, hiverns i primaveres. S'endevinaven llàgrimes entre les notes, però també carícies, anhels, somnis...

Podria escriure'n un llibre, sí, però explicar-ho...? Explicar això seria com explicar la màgia i, com ja s'ha dit tantes vegades, la màgia amaga tot això i molt més, tot el que és inefable, invisible, inexplicable i que, tanmateix, existeix.

22
SOM ALLÀ ON HEM DE SER

En algun moment d'aquell mateix dia, mentre em trobava estirada en una hamaca a la coberta, sola, enlluernada encara per tots els miratges que la melodia d'aquell piano havia evocat en la meua ànima, l'ocell em va recollir de nou, àguila o falcó, no ho he arribat a esbrinar mai, i vaig volar novament, molt de temps, travessant la mar gran i en direcció a una mar més petita, més tranquil·la, més acostada.

Vaig veure moltes naus aquesta volta, però cap em féu saltar el cor com un vaixell en el qual viu, ho juraria, tota la meua família, els oncles i les ties, les cosines, els cosins, Andreu a la vora del timó i la mare asseguda, mig ensonyada, coberta per un vel i amb un quadern a les mans, com si escrivís.

La destinació fou novament el turó, que ja coneixia, de l'illa de Pas. I l'aterratge igual de tranquil i de suau, sense sotracs, sense esgarrades al cos. Vaig baixar tot seguit cap al bosquet de pins. Buscava el senyor Jim, però no el vaig trobar, de manera que vaig anar seguint el camí fins a la platja, perquè de tant veure la mar des de dalt, i amb la calor, delejava un bany. La platja era tan clara com la primera volta, i com que era sola, també aquesta vegada em vaig traure la roba per banyar-me. S'hi endevinava vida, dins l'aigua, com la primera vegada que m'hi havia ficat, però aquesta volta m'hi vaig capbussar, i vaig badar els ulls. I tot i que de primeres em coïen molt, era tan bonic contemplar els peixets menudius i virolats, els de color carabassa i els de color blau, era tan satisfactori sentir que podia mirar sota l'aigua, que els vaig mantenir ben badats, i cada vegada em van coure menys.

Després vaig estirar-me a la vora, sobre les pedres petites, redones i polides. N'hi havia tantes! La primera volta que havia estat en aquella platja havia tingut com una intuïció amb les pedres. Com si m'haguessen donat una pista, i ara, en sentir-les sota els dits, en soltar-les a poc a poc i oir, quan queien, aquell dring bonic, aquell dring content, vaig sentir de nou la melodia, vaig veure el ball de les mans de Danny Boodmann T. D. Lemon Novecento sobre les tecles del piano, i vaig pensar que potser sí que amagaven totes alguna clau, algun secret. Potser representaven tots els moments de la meua vida, petits, redons, esmerilats per l'aigua, molts no estrenats encara. I potser no tan sols de la meua vida, sinó també d'unes altres vides que, qui sap com, qui sap quan, es creuarien amb la meua. Potser aquelles pedres amagaven secrets, els secrets de totes les persones que passaven per allà.

Mentre m'eixugava, m'arribà una flaire coneguda: de peix a la brasa. Vaig vestir-me, i cap a buscar al senyor Jim.

–Bon dia, xica! Veig que has tornat.

–Sí, senyor Jim –vaig respondre. I aquesta volta, no sé per què, no va semblar-me antic i irreal, per més que dugués els cabells igual de llargs, i la barba, sinó majestuós i venerable.

–Tens gana, supose?

–Molta.

–Per a dinar hi ha peix.

–Moltes gràcies. El vostre peix és el més exquisit que haja menjat mai.

–Ha, ha –va riure–. M'alegra, m'alegra molt, que m'ho digues. No tothom ho sap apreciar.

Dinàrem en silenci, assaborint la menja.

–I bé, quins plans tens? –féu en acabat.

–Havia pensat a passar el dia per ací, i potser la nit.

–Molt bé, ja saps que ets benvinguda. T'esperaré a sopar. El menú ja el saps també.

–Quan el sol exhale? –vaig demanar-li.

–Exactament.

–L'altra vegada que vaig venir ací...

–Sí...

–Bé, vaig anar-me'n un poc apressada. M'agafà por.

–Ja passa, això.

–Però no de vós. Vull dir que no sou vós que em feu por. Però allò que vau dir, que no recordàveu ben bé com havíeu arribat ací, em féu sentir temor d'oblidar la meua vida, de no saber tornar.

–Sempre tornem, crec.

–També vós?

–I tant!

–Ah, no us esteu sempre ací, doncs?

–On és ací?

–L'illa de Pas.

–Ah! No, solament quan hi ha algú que hi ve de pas.

–Senyor Jim! –vaig dir molt seriosa.

–Sí?

–On som, realment?

–Som allà on hem de ser –em respongué també tot seriós.

I la cosa em va semblar profunda, críptica, màgica, però també una mena d'endevinalla.

–Llavors, fins a l'hora de sopar –vaig dir.

–Quan el sol exhale.

Vaig fer allò que es podia fer en aquella illa. Vaig passejar per la pinada, vaig visitar les fonts i les coves, i quan el sol ja no picava tant, vaig pujar a la muntanyeta. Després vaig tornar a la platja per contemplar la meravella, l'espectacle del sol que es gitava, l'esclat vermell i les ratlles carabassenques, els blaus del cel i els violetes. Mentrestant, la mar glatia amb aquell ritme inalterable i vital, que era alhora com una respiració profunda, d'aquelles que fas quan vols omplir-te de pau. Tot plegat em féu sentir com si hagués trobat la resposta d'aquella endevinalla profunda, críptica i màgica, perquè en aquells moments vaig sentir que era exactament allà on volia ser.

No sé si aquella dieta, un dia i un altre i un altre, m'hauria acabat cansant, però no era el cas, i el peix, vaig trobar-lo tan bo com si fos la primera vegada que el tastàs.

–Pujaràs al turó a mirar el cel? –em demanà el senyor Jim.

–Una estona, sí.

–Faràs ben fet. S'espera pluja d'estreles.

Quan el senyor Jim arribà al meu costat, alenant per la fatiga de la pujada, el cel ja era fosc i tot pigat d'estreles, i jo ja n'havia vistes ploure unes quantes.

–Mira per allà –em digué assenyalant a la meua dreta.

–I allà –vaig dir jo signant cap a l'esquerra.

Després vam mirar en silenci molt de temps, sense dir res, omplint el nostre cor de meravella, amerant-nos l'ànima amb la màgia d'aquell moment, sentint-nos part de l'univers, de tot aquell estol d'estreles.

Fou ell, qui va trencar el silenci.

–I bé, has trobat respostes?

–No –vaig mussitar.

–Ningú no ho diria. Fas tota la cara d'algú que ha trobat allò que cercava.

–Bé, això sí. Però ha resultat que no eren respostes, sinó preguntes.

–Xica, ara sí que m'has deixat d'un tros. Ben cert que no es poden trobar respostes, si no es tenen les preguntes. Saber la pregunta adequada sempre és la cosa més important. Et felicite. I què faràs ara?

–Doncs, havia pensat si...

–Digues, digues, xica, sense temor.

–...Si no em deixaríeu la vostra ullera?

–I tant que sí!

I me la va allargar, sense que jo sabés d'on l'havia treta.

–Voldria que em disculpàreu la insolència –vaig dir mentre l'agafava.

–Ja et vaig dir que estaves disculpada. No cal tornar-hi.

–Però és que he pensat...

–Sí...

–...En vós.

–En mi?

–Sí, perquè vaig insistir a dir-vos que, si éreu ací, és que no havíeu trobat el vostre camí. Però a la vesprada, tot mirant el sol com es ponia, he sabut que anava molt errada, perquè sou com un far.

–Un far?

–Sí, un far enmig de la foscor. Per a assistir els altres en la seua singladura.

–Hum, no sona malament, això. Però no ho sé de cert, si era això que buscava. Ja et vaig dir que tinc mala memòria.

–Gràcies, de totes maneres.

–No es mereixen, xica. I fins una altra, si és el cas.

–Bona nit, senyor Jim.

–Bona nit, Alícia.

I encara que puga sonar molt estrambòtic, aquella darrera salutació, «bona nit, Alícia», adonar-me que recordava el meu nom, la manera com va dir-lo, l'entonació... En fi, va recordar-me Jem, no el Jem de l'illa, sinó el Jem amic de mon pare..., però també el Jem de l'illa. Cert que, finalment, no ens havíem dit adéu, si bé tenia la seguretat que ell havia trobat un lloc al *Virginian*..., però, en aquestes, jo ja mirava per la ullera de llarga vista, i el viatge fou tan veloç com els meus pensaments, i ja puc dir que la destinació no era la que jo m'esperava. Gens ni miqueta.

23
ESTRANY

Em vaig trobar davant la porta encastada a l'arbre, igual que Alícia, la de Terra de Meravelles, després del te més esbojarrat de la seua vida. Potser era novament a la porta de ca la Rellotgera. A dir veritat, no tenia gens de ganes de tornar a trobar-me amb aquell parell de guillats, però també era de justícia dir que m'havien tractat bé, que m'havien ofert unes herbes molt relaxants quan va agafar-me aquell mal de baixura. En fi, tampoc no tenia gaires opcions més. Com que la porta era tancada, vaig trucar. No volia que tornaren a tractar-me d'insolent.

–Truquen a la porta –vaig sentir que deien des de dins. Em va semblar la veu de Jem.

–A la porta truquen –respongué la Rellotgera–. Potser volen entrar.

–Qui ho pot saber de cert? Tal vegada volen eixir.

–O busquen el meu elixir –rematà la Rellotgera.

Quin amor per les rimes! Com que em va semblar que allò podia allargar-se molt, vaig empényer la porta, que s'obrí amb un grinyol.

–Sóc Alícia –vaig dir mentre entrava.

–Vaja, tu sí que tens nom de personatge –digué Jem.

Em vaig quedar parada. Em semblava recordar que això mateix m'havia dit la primera vegada que ens trobàrem.

–Jo sóc Jem.

–Encantada –vaig dir–. Però em sembla que ja ens coneixíem.

–Ja us coneixíeu? –va dir la Rellotgera–. Hum, jo no et recorde. És estrany.

–No és Trany, és Jem –vaig dir jo per continuar la broma de la primera volta. Però tots dos van mirar-me amb cara de preocupació.

–Em sembla que està malalta –va dir Jem.

–Jo la veig groga –digué la Rellotgera.

–Aliacrà potser?

–Icterícia?

–És clar, per això ens ha dit *Alícia*! –van exclamar tots dos.

–Hem de posar-hi remei –digué la Rellotgera.

–Vine, Remei! –cridà Jem.

–No hi és, que ha anat a veure la reina.

–També té l'aliacrà?

–No, em sembla que és icterícia.

–Prou! –vaig cridar.

I no volia fer-ho, però calia parar-los els peus, a aquells dos.

–Ara crida –va dir Jem.

–És per la malaltia –prosseguí ella–. De primer canvia el color, després l'humor.

–Tens mal humor, Alícia? –em demanà Jem.

–Només estic cansada –vaig provar–. I potser m'anirien bé unes herbetes, per al mareig.

–Això és fet, xica –va dir la Rellotgera.

I tot seguit i com per art d'encantament, oblidaren

la meua malaltia, l'aliacrà, la icterícia, el color i el mal humor i començaren a comportar-se com persones normals. La Rellotgera va preparar les herbes i les va servir en uns bols de terrissa. Torní a xarrupar a glops petits aquell beuratge, que vaig trobar tan amarg com la primera volta, però no vaig voler demanar sucre ni mel. I no perquè consideràs que no seria educat, sinó perquè em feia por dir alguna cosa que desfermàs algun d'aquells diàlegs que no tenien solta ni volta. De manera que ens vam beure les herbes en silenci, i vaig sentir-me bé, com la primera volta que hi havia estat, sense saber ben bé en què consistia aquella benaurança, només, com ho diria?, com si hagués arribat en un lloc que m'esperava feia temps. Com si novament fos allà on havia de ser.

–I bé, ja saps què voldràs fer? –va demanar-me la Rellotgera quan ens haguérem acabat les herbes.

–Sí –vaig respondre amb seguretat–. Ara ja ho sé.

–I on aniràs? –demanà Jem.

–Vull tornar a casa.

–Tornar? –feren espantats.

–Tornar, sí.

–Jem! Tornem a tenir maldecaps amb el temps.

–Això, ho hem de resoldre.

–Tens raó. Res hem d'oldre. Tapem-nos el nas. Tu també Alícia.

I vaig pensar que valia més fer-los cas, per veure si s'acabava aquell desgavell. Amb el nas tapat i respirant per la boca els mirava tots dos, sense saber quant podia durar tot allò. Però ells s'havien oblidat de respirar i s'anaven tornant vermells, de manera que es van cansar abans que jo.

–Tornem a repetir la qüestió –digué la Rellotgera–. Ja saps què voldràs fer?

–Doncs em sembla que sí que ho sé –vaig respondre, mentre intentava pensar en una resposta més adequada.

–I on aniràs?

–On el somni em portarà –vaig dir provant de fer rima.

–Oh! –exclamaren tots dos alhora.

–Quin lloc tan bonic! –proferí Jem.

–Si el somni és ric...–va dir la Rellotgera somiadora.

–I com hi arribaràs? –em va demanar Jem.

–Ei, no l'emboliques –el tallà la Rellotgera–. Això és cosa nostra.

–Llàstima, jo que tenia un paper tan bonic! El guardaré per embolicar algú altre.

–Vinga, Jem, comencem.

Si un dia estàs trist
res millor faràs
que trobar un amic
dels que no fan anys.

Que feliços som
que contents estem
tu i jo no fem anys
junts ho celebrem!

Mentre ells no paraven de cantar, els ulls se m'aclucaven i una son molt dolça m'anava envaint, i jo només esperava poder tornar allà on volia.

24
EL VEL SAGRAT

I sí, allà era, quan vaig badar els ulls, a casa. Em sobrevingué una alegria tan gran que vaig voler saltar del llit i tot, però no podia, és clar, perquè tenia la cama enguixada, i el clau allà. No sabia quina hora era, ni quin dia. Em sentia desconcertada, i no tenia ni idea de quan havia menjat, ni de res. Què em diria el pare? Què devia haver pensat tot aquell temps que jo no havia estat a casa? Havia passat tot en una nit? Potser havia tingut alguna mena de febre? L'aliacrà? La icterícia?

Em vaig alçar per anar al bany. La llum que entrava per la finestra era del color del capvespre. Tot seguit vaig sentir la clau al pany i la veu del pare.

–Hola, Alícia! Com està la meua princesa?

Se'm féu un nus a la gola i no vaig poder respondre. Feia molt que no m'ho deia, això, i abans m'ho deia sempre, cada dia, quan tornava a casa, o quan tornava jo i ell ja hi era: «Com està la meua princesa?».

–Hola, bonica! –digué mentre entrava a l'habitació–. T'alces?

–Anava al bany.

–Ah, molt bé. Hui tenim una sorpresa, tots dos.

–Una sorpresa?

–Hem rebut carta –em digué mostrant-me uns sobres que portava a les mans.

–Carta?

–Carta de ta mare. Tu una, i jo una altra. És una sorpresa, no?

–Sí.

–Bé, tu en tens dues.

–Dues cartes de la mare?

–No, una és de la mare –va dir mentre me les donava–. L'altra és d'Albert. Perdona'm, però he vist el seu nom en la part del remitent.

–Ah.

–Bé, jo me'n vaig a la cuina. Em sembla que tots dos necessitem un moment d'intimitat, ara.

Vaig anar al bany amb les cartes en la mà. Sí que era una sorpresa. No sabia quina obrir primer. Vaig obrir-les totes dues. La d'Albert era una postal. La de la mare, una carta, i deia així:

Estimada Alícia,

Potser em calia el silenci. Quan tots s'adormen, puge a la coberta. M'agradaria poder-te explicar totes les sensacions que se m'encomanen en aquells moments, però no estic certa de ser-ne capaç. Cal imaginar el món a les fosques, i els milers d'estreles que s'encenen al cel, i la mar, fosca com el món a les fosques, sonora, immensa. La immensitat em fa sentir fràgil i molt poqueta cosa, i em deixa amb la certesa que no he sabut fer, fins ara, allò que calia.

Les ones, impertorbables, van i vénen com un batec pregon, el batec del cor invisible de la mar que deu ser allà baix, tan fondo.

I encara que no hi ha un silenci complet, és el silenci més gran que jo he pogut sentir mai. La mar tan gran i el cel allà dalt tot encés d'estreles, em fan sentir, ja t'ho he dit, fràgil i molt vulnerable. Però és una fragilitat, com ho diria?, còsmica. Distinta de la que he sentit aquests darrers tres anys.

Amb tant de temps que ha passat, encara no he sabut esbrinar què em fou més dolorós de l'anunci que ton pare ens féu aquell Nadal. L'engany? La solitud? Sentir-me una més entre tots? Crec que això darrer fou la cosa més difícil, tot i que, quan hi pense, no puc imaginar com ho hauria pogut fer d'una altra manera. No hi havia manera bona, no n'hi havia cap, i ton pare, precisament ell, no ho podia fer altrament. Fou davant tots els nostres amics, quan érem joves, que em demanà si volia casar-me amb ell. Allò tampoc no m'ho esperava gens. I fou magnífic, inoblidable. L'adéu, per tant, no podia ser d'una altra manera.

Però he trigat molt a perdonar-lo, he trigat massa, ara ho sé. L'odi i la ràbia em rosegaven per dins, com un corcó que lentament ho anàs molent tot i em devoràs mentre jo repassava amb minuciositat i atenció tots els records. Els feia passar per un colador fi, com faig cada matí amb el suc de taronja d'Andreu, que no el vol si no és ben colat, ja ho saps, i mirava què en queia, i mirava què en quedava, buscant rastres, senyals, no sé ben bé de què. He trigat tres anys i escaig a adonar-me que aquesta era una recerca sense sentit.

La vida és misteriosa. No sabem mai què ens espera. Però ara sé que t'he fet passar tres anys d'una manera que no mereixies. No mereixies el meu silenci ni la contemplació del meu dolor. Els anys que vaig viure amb ton pare, i els que hem viscut després tots junts, la família de la A, són anys que conformen la meua vida, i han estat anys feliços. Mai, durant tot el temps que compartírem, vaig sentir-me enganyada per ton pare, i això també compta i ho has de saber. L'amargor que vaig sentir al principi em féu voler pensar que m'havia enganyat tot el temps, que havia fet comèdia, que havia representat una obra de teatre també en la seua vida. Però sé, en el fons del meu cor, que no és veritat, que ton pare és incapaç de viure una mentida i que, quan va sentir que la vivia, ho va dir. No sé quant de temps li va costar, i tampoc no importa. Crec que allò que importa és que fóra capaç de dir la veritat, malgrat tot.

Per això vull que em perdones, Alícia, per tot aquest temps perdut, entre tu i jo, i perquè sé que, amb la teua sensibilitat, és impossible que no hages sentit, moltes vegades, el meu odi, la meua ràbia, el meu dolor, la meua suspicàcia per qualsevol cosa que ell pogués dir. Vull que em perdones perquè sé que, ton pare, l'estimes amb tota la teua ànima, i vull que siga així, i potser jo t'ho he fet molt difícil, tot aquest temps. I m'has de perdonar també perquè, des del meu dolor, he estat també incapaç de veure el vostre, el teu, el d'Andreu.

Sé que em perdonaràs, no en dubte gens, i ho sé per una cosa: perquè el teu cor és tan generós com ho és el de ton pare. Això ho has heretat d'ell, i sempre m'ha agradat, i sempre m'agradarà.

T'enyore molt, i t'estime. I t'envie una abraçada immensa, com la mar. I espere, i vull, fer les coses molt millor a partir d'ara.

Tots els besos, bonica meua.

Encara era al bany torcant-me les llàgrimes quan vaig sentir que el pare entrava a l'habitació. Vaig eixir. Ell també tenia els ulls envermellits d'haver plorat. Ens abraçàrem, sense dir res, i caigueren les crosses i ploràrem, i després riguérem, i el pare em portà en braços al llit.

–Ah, princesa, què content estic. Ta mare torna a ser qui era. Una dona magnífica.

–Sí, pare –vaig dir mentre pensava que finalment els déus, onsevulla que estiguessen, havien escoltat les meues pregàries i havien fet que Ino li llançàs el seu vel sagrat i la deslliuràs de les àncores que l'afonaven.

–Veus com som una família? –em va dir.

–La família de la A.

–Anna, Adrià, Alícia i Andreu són una família afable –va dir el pare recordant el joc a què jugàvem.

–Atípica –vaig dir jo.

–Alatrencada.

–Alaferida.

–Alarmant.

–Atrevida.

–Ambulant.

–Anàrquica.

–Amoral.

–Amical.

–Aleatòria.

–Aventurera.

–Alambinada.

–Asmàtica.

–No, això no, cap de nosaltres quatre no és asmàtic –trencà el pare.

–Home, ni les altres coses.

–Sí, les altres sí. Em sembla que tenim un poc de tot això. Què et sembla, si faig el sopar?

–Em sembla perfecte. Tinc gana.

–Molt bé –va dir el pare mentre s'aixecava del llit–. Jem passarà després. Quan traga el gos a passejar.

–Quin gos?

–Alícia, a vegades m'espantes. Sembla que estigues en les mars perdudes.

–Perdona, pare. Son tantes emocions...

–Ah, és clar, que tu n'has tingudes més. Què et conta Albert?

–Encara no ho sé.

–Et deixe tranquil·la. Faré un peix que te'n xuplaràs els dits.

Es veia que la dieta no havia de canviar aquell dia.

25
UNA PREGUNTA

Vaig mirar la postal molta estona, abans de llegir què hi havia escrit darrere Albert. Era una postal normal i corrent, vull dir que era la fotografia d'una platja, una fotografia, però és que s'assemblava tant a la meua platja, a la platja de l'illa de Pas, vull dir, a la platja on m'havia capbussat amb els ulls ben badats per primera vegada en ma vida, que no podia deixar de mirar-la. S'hi veia l'aigua clara, i tot de pedres a la vora, petites, redones, polides.

> Hola, Alícia! Com va tot? Jo ho passe molt bé. La professora és molt simpàtica, però també molt prudent. Quan endevina que pot girar-se mala mar no ens deixa submergir-nos. Llavors, mire el llibre que em vas regalar, el dels peixos, i m'imagine que els contemple sota l'aigua, en les mars perdudes. Tots els alumnes són més grans que jo, i llevat d'un xic de Tarragona, els altres són francesos, anglesos i alemanys. Una torre de Babel. El llibre dels androides, el llig a la nit, però no he avançat gaire, perquè arribe molt cansat i m'adorm. Ja no m'hi cap res més. Fins prompte. Una abraçada del teu amic Albert.

Tot el temps que el pare va trigar a fer el sopar vaig estar llegint la postal. Moltes i moltes voltes. El cor em bategava fort en considerar que, des de la seua illa, Albert també tenia pensaments per a mi. Cada vegada que feia mala mar, cada nit quan agafava el llibre, encara que s'adormís tot seguit. «Fins prompte», em deia, com si tingués ganes de tornar-me a veure. «Una abraçada del teu amic». Ostres, quina felicitat!

El peix era bo, però no n'he tornat a tastar mai de tan bo com el del senyor Jim. El pare estava content, i jo també. I encara que aquell dia ja era prou ple d'emocions, no vaig voler esperar més a fer la meua pregunta.

–Pare –vaig dir quan tornà al saló després d'escurar els plats.

–Dis.

–Vull fer-te una pregunta.

–Uf! Això sembla seriós.

–Te'n penedixes?

–De què?

–De la teua vida.

–Com puc penedir-me? I menys hui, que em sembla que no em puga passar res millor.

–Ho dius per la carta de la mare?

–Sí. En llegint-la he sabut que, fins ara, no havia pogut sentir-me feliç del tot.

–Tu estimaves la mare?

–I tant que l'estimava. I l'estime, encara que d'una altra manera.

–Però, t'hauria agradat conéixer Jem abans?

–Abans? No canviaria res de la meua vida, Alícia. Només si de cas...

–Què?

–Que no hauria volgut fer-vos mal, que m'hauria agradat trobar una manera menys dolorosa d'explicar què em passava.

–Però abans, que no ho sabies?

–No..., no ho sé. En la meua professió he conegut molts homosexuals. I és cert que em sentia afalagat quan algú em tirava l'hamet, ja saps què vull dir. O siga, que no sentia rebuig, però tampoc no tenia ganes de seguir el joc. Fins que vaig conéixer Jem.

–Què va passar llavors?

–Que em vaig enamorar. Abans i tot de saber que ell era homosexual. Abans i tot de saber que jo també ho era. Bé, tampoc veig clar que siga únicament homosexual. Vull dir que no vaig fingir mai, amb ta mare. L'estimava, de veritat.

–Però, si hagueres conegut Jem abans...

–Sí?

–Llavors, Andreu i jo no existiríem, no hauríem nascut mai.

–Doncs segurament que és per això que no el vaig conéixer abans. La vida, el destí, Alícia, té camins desconeguts per a nosaltres. Jo havia de ser ton pare. Si eixa és la teua pregunta, ja et puc dir que podria renunciar a tot, si calia, per ser ton pare i el d'Andreu. Però no cal, comprens? Jo sabia aquell dia de Nadal, amb una certesa absoluta, que ta mare no m'impediria de continuar fent de pare vostre. Si no n'hagués estat tan cert, potser no hauria dit res, potser hauria renunciat a Jem. Però confiava absolutament en ella, tot i que no hauria volgut causar-li un dolor tan llarg. Però que li doldria, ja ho sabia també. I que seria difícil per a ella, i per a vosaltres. Però això també passa en la vida. De colp topes amb alguna cosa i has de decidir, i ja saps que la decisió no serà bona per a tothom, que no agradarà a tothom, i potser portarà moltes dificultats. Però has de seguir el camí que el teu cor et demana. Jo, almenys, no ho sé fer d'una altra manera. Ni vull.

–Pare, m'has de perdonar.

–Per què?

–Perquè he dubtat moltes voltes si ens estimaves, i no és que tu m'ho feres sentir, però no sé, quan veia la mare plorar, una nit i una altra, i tota la família al seu costat, cosa que ho convertia en un drama que no tenia final, com si s'hagués quedat viuda, i et veia a tu, bé, content... No ho sé... Em demanava si tots dos no hauríeu estat més feliços sense mi, sense Andreu.

–Això mai, Alícia, això mai. Ja ho saps. I no tinc res a perdonar-te. Tot el que has sentit és molt normal. Sóc jo qui t'ha d'agrair el teu comportament, que mai no m'hages retret res, que sempre hages volgut estar amb mi, i ara, que hages acceptat de conéixer Jem, que et comportes d'una manera tan adulta. Em sent tan orgullós! Em sembla que Jem deu estar-ne fins al damunt del cap, de sentir-m'ho dir.

–Que li ho dius? –vaig demanar-li un poc avergonyida.

–I tant! Però ara ja no cal. Ja ho ha vist.

–Però, pare, encara hi ha una cosa.

–Tu diràs...

–No sé com dir-ho. Encara sent un poc de vergonya. Vull dir que jo estic molt orgullosa de tu, i sempre parle de la teua professió i tot, però, em fa por que la gent sàpiga que ets homosexual.

–Però això és normal, Alícia.

–Trobes que és normal, avergonyir-se de son pare?

–Però no és vergonya, Alícia. És por. Tens por que en dir-ho puguen fer burla, i això et doldria, perquè m'estimes. O siga que no has de patir, per això. Tampoc jo en vaig fent pregó, no et penses. A ningú no li agrada sentir-se rebutjat. Cal molt de temps per a aprendre algunes coses.

–Com ara?

–Tantes i tantes, bonica. Però tu les aniràs descobrint tota sola. Per part meua, allò que importa, que de veritat importa, és que tu i jo ens estimem, tal com som. Que sóc ton pare i pots comptar amb mi sempre, en tot allò que vulgues. Queda clar?

–Queda clar, pare.

Llavors sonà el timbre. Com si Jem hagués estat esperant que acabàssem la conversa per tocar-lo. Venia amb el gos, amb Llebeig, aquell que jo havia somniat quan era a l'illa de l'Esquelet, o era a l'inrevés: havia vist Llebeig i havia somniat l'illa? Tant feia. Per mi, tot era igual de real. I el pelatge del gos era preciós, del color de l'or apagat, com la sorra lluent d'un desert.

–Podeu besar-vos si voleu, davant meu. No em fa res –els vaig dir. Perquè jo coneixia el pare, i sabia com li agradava fer un bes a les persones que estimava quan les retrobava, encara que s'haguessen vist feia un moment.

–Gràcies, Alícia –em digué Jem.

–No es mereixen. I bona nit. Me'n vaig a dormir. Ha estat un dia esgotador.

–Bona nit, bonica –digué el pare. I em besà.

Mentre m'adormia no vaig poder pensar en res, perquè sentia el pare recitant el seu paper, que devia ser que Jem li'l passava.

«Una volta vaig demanar a Novecento què dimonis pensava, mentre tocava, i què mirava, sempre fixament davant seu i, en definitiva, on anava a parar, amb el cap, mentre les mans li anaven amunt i avall per les tecles. I ell em digué: "Avui he anat a parar a un país bellíssim, les dones tenien els cabells perfumats, hi havia llum per tot arreu i era ple de tigres".

Viatjava, ell.»

26
FER-SE A LA MAR

De manera que sí, jo també vaig viatjar aquell estiu, a llocs notablement distants, en les mars perdudes. Com la meua família, com Albert, com Novecento, i Jim, Robinson Crusoe i Ged. Com Ulisses, com Alícia, la de Terra de Meravelles. Però no vaig tornar a agafar la ullera de llarga vista, aquell estiu, i és que, passaren encara tantes coses, que no vaig tenir-ne ocasió. Vaig rebre unes quantes visites. Vingué l'avi, mentre el pare no hi era, que encara li costava molt de pair, això del seu fill. Vingué l'àvia, que la va portar el pare en cotxe. Vingué la meua amiga Siona, a qui vaig contar, finalment, tot el que m'havia passat amb Albert. Vingué Ximo, el barber, el veí del barri que coneixia la història de la fàbrica abandonada, per explicar-me totes les coses que en sabia, i és que, al pare, no li podies dir res. Li havia passat sempre, li passava, amb tota la gent que estimava. Tu demanaves una cosa i ell, si podia, te la feia a mans. Devia ser en això també que la mare pensava quan parlava del seu cor generós. Després tornà Albert del seu viatge a l'illa, i també vingué a veure'm, dia sí i dia també, i vam raonar molt, i vam mirar moltes pel·lícules i, sí, també això. També ens vàrem besar.

Quan la família tornà del viatge, la mare va dir que aquell any ja en tenia prou, de germans i de cunyats, que li abellia que ens quedàssem tots tres junts. Andreu va protestar un poc, però poc, perquè la mare li va prometre que, si volia, podíem anar els caps de setmana a muntanya, a casa de l'oncle Jaume. I així fou. La resta del temps férem el gandul, i per a sorpresa nostra, la mare va convidar el pare un dia a dinar. I puc dir que fou bonic, i també trist, perquè com que era la primera vegada, tot ens recordava el passat, i el pare va dir que calia repetir-ho més, per crear records nous, i la mare va estar-hi d'acord.

Jo encara portava la cama enguixada, perquè, que els metges menteixen, ja m'ho havia dit Jem. Sobretot els de traumatologia.

–Per què? –vaig demanar-li.

–Per fer-ho suportable. A segons qui, si li diuen que ha de portar un guix nou setmanes, segurament que se'l lleva tot seguit. Mentre que si li diuen quatre i després li ho van allargant...

O siga que no, al cap de cinc setmanes no em van llevar el guix. El que va passar al cap de cinc setmanes és que em va venir la regla, i la mare es va posar a plorar, quan li ho vaig dir.

–Mare, per què plores? Són les hormones? –li vaig demanar burleta.

–Perquè et fas gran i m'emociona. Vull que fem una festa.

–Una festa?

–Sí, una festa. Una no es fa dona més que una vegada en la vida. Si això els passàs als homes, ja et dic que sentiríem traques i veuríem castells de focs.

–No ho sé. Em fa un poc de vergonya.

–Vergonya? Has d'estar-ne orgullosa.

–Em deixes que m'ho pense?

–Pots pensar tant com vulgues. Però la festa es farà, com a mi em diuen Anna.

–Esperem almenys que em lleven el guix i el clau.

–Això sí. Tindré temps d'organitzar-la.

Me'ls llevaren tot just al principi de setembre, el guix i el clau, i la mare féu la festa, tant sí com si no. Jo em vaig encarregar de convidar la gent que hi volia, vull dir amigues i amics, però em costava, em costava moltíssim, dir-ne el motiu.

–Hola, Albert!

–Alícia! Com va?

–Escolta, que et telefonava per dir-te que farem una festa a casa. I volia convidar-t'hi.

–Perfecte. I què és? Un aniversari?

–Bé, no exactament. I sí. Un aniversari.

–De qui?

–Meu.

–Però, Alícia, tu fas els anys pel maig.

–Bé, no és un aniversari d'anys.

–Ah.

–És la celebració que ja sóc una dona.

Un silenci.

–O siga, que m'ha vingut la regla.

–Ah. No sabia que això se celebrava.

–Doncs, sí, mira, en ma casa se celebra. Però si no vols vindre, no passa res.

–I tant que vull vindre. No t'enfades, Alícia. I et portaré un regal i tot.

Va ser una festa fantàstica. La mare havia convidat totes les seues amigues i els havia demanat que em regalassen alguna cosa, com ho diríem?, de dona a dona. I podria fer una llista dels regals, que foren, alhora, sentimentals i divertits. Però seria llarg i potser avorrit. Només explicaré dos regals. El d'Albert i el de mon pare.

El d'Albert era una capseta quadrada. Un moment em féu por que fos un anell o una cosa semblant, i quasi em moria de vergonya, perquè érem allà, davant de tothom. Però no. Era molt millor. Dins la capseta hi havia catorze pedres petites, redones, polides.

–Són de la platja on vaig estar, la de la postal. Te les guardava.

El del pare era un estoig allargat, de cuir, i a dins hi havia una ullera de llarga vista de llautó. Amb una inscripció gravada que deia:

> Perquè pugues mirar sempre més lluny,
> Alícia. Amb tota l'estima de ton pare.

I no sé si foren les hormones o què, però em van saltar les llàgrimes. Vaig abraçar el pare i després, en un moment que estiguérem sols, vam telefonar a Jem, perquè jo volia parlar-hi.

–Hola, Jem!

–Hola, guapa!

–M'hauria agradat convidar-te, però ma mare necessita més temps.

–Ja ho comprenc, i t'ho agraïsc.

–M'ha encantat la ullera.

–Ja ho sabia, que t'agradaria.
–Per què?
–Perquè ets filla de ton pare.

No l'oblidaré mai, aquella festa, per la qual estic molt agraïda a la mare, perquè amb el temps, m'ha semblat que fou molt bonic, fer una celebració de la meua entrada al món com una dona.

Però encara hi hagué una altra cosa magnífica, abans de començar les classes: l'estrena de *Novecento*.

Això és un record inesborrable, per a mi. Per moltes coses. Per l'obra, és clar, i pel pare, que brodava el paper, que el feia tan bé com Danny Boodmann T. D. Lemon Novecento tocava el piano. Però també és inesborrable perquè hi anàrem tota la família, i la mare va aplaudir molt, i després jo li vaig presentar Jem, que ja l'havia avisada. I perquè uns moments, mentre encara ens durava la màgia de l'obra, dels viatges de Novecento per aquells països on hi havia tigres i dones perfumades, en les mars perdudes, jo vaig imaginar-me un món on també era possible una família diferent, amb un pare i el seu amant i una mare, i potser algun dia, el seu amant també, i els fills i els avis contents, i un gos, si calia. Un món en què la família afable, alatrencada, alarmant, atrevida, anàrquica i amical, la família atípica de la A també tenia cabuda.

Ha passat temps, d'aquell estiu ençà. Ma mare encara odia els secrets, però ara podria suportar saber que jo en tenia, que en tinc, que en tindré. Ara ella ja no és com un vaixell encallat entre esculls, perquè ha calafatat les fustes, ha sargit la tela de la vela, ha soltat l'àncora que la retenia i s'ha fet a la mar.

I per a ella, com per al pare, i per a tots els qui estime, jo guarde un desig com un secret, una pedra petita, redona, polida: que els vents els siguen favorables, i els déus. I el viatge, ben grat.

ÍNDEX